私立シードゥス学院Ⅱ

小さな紳士と学院の謎

高里椎奈

角川文庫
22680

Sidus Independent School II

CONTENTS

イラスト／ごもさわ

CHARACTERS

緋山彗 ひやま・けい

《赤寮《ルーフス》》寮長。フィールドホッケー部に所属。身体能力が高く気高い性格。

早乙女英知 さおとめ・えいち

奨学生《スカラー》が所属する《特別寮《ウィオラーケウス》》の寮長。華があり、スパイシーな香水を纏《まと》う。

獅子王琥珀 ししおう・こはく

故郷を離れ身元保証人《ガーディアン》の元から入学した越境生《ウォード》。真面目な性格。

弓削幸希 ゆげ・こうき

学院から学費の援助を受けて学ぶ奨学生《バーサリー》。天真爛漫な性格。

日辻理央 ひつじ・りお

一般生。家族が代々学院の卒業生。背が高く、ノーブルな性格。

第一話　真実の鍵

問一

あるはずの物がなくなりました。
ないはずの人が盗んだと言います。
本当の事実はどれでしょう？

1

晴天に満ちた陽光が凪の様だ。

太陽がこれほど爽《さわ》やかな季節が他にあるだろうか。眩《まばゆ》い光はただただ明るく、決して不快な暑さに至らない。空同様に視界は果てなく澄み渡り、息を吸うと身体の中まで透き通るような心地がした。

「獅子《しし》王《おう》、帽子忘れてるよ」

呼ばれて咄嗟《とっさ》に頭へ遣《や》った手が、素直な短髪に寝癖を見付けた。

「助かる」

「ヘイ」

ルームメイトの弓削《ゆげ》幸希《こうき》が獅子王の頭を狙って、帽子をフリスビーの様に飛ばそうとする。連日の秋晴れで地面は乾いているから、受け損ねてもさして汚れまい。獅子王が悠長に構えていると、寮の玄関から二人の間に長身の生徒が駆け込んできた。

「待って、幸希。その帽子は俺の」

「嘘ぉ。オレ、ちゃんと――」

弓削がハットをひっくり返して内側のネームタグを確認する。彼は誤魔化すような笑みを浮かべてタグの名前を読み上げた。

「日《ひ》辻《つじ》理《り》央《お》さん。どうぞ」

「どうも」

弓削が両手で差し出した帽子を、日辻は左手で受け取って頭に載せる。

制服のズボンと同色の白い鍔付き帽《ハット》には、こちらもジャケットと同色の紺のタイが着いており、遠くからでも学院の生徒だと分かる。彼は立ち姿にも気品があるから、尚更《なおさら》、優秀な生徒然として見えた。

獅子王が寝癖を手櫛《てぐし》で直していると、その上から、日辻がもう一方の手にあった帽子をふわりとかぶせる。

「獅子王の帽子はこっち」

「ありがとう」

寮のガラス窓に、日辻と同じ格好をした獅子王が映った。

私立シードゥス学院は、十三歳からの五年間を過ごす一貫教育機関である。多くの高等学校に匹敵するとも言われる入学試験に加えて、家庭環境も審査の対象となる。寮での生活費込みと雖《いえど》も年間五百万円を超える学費は決して安くはない。

授業で遅れを取れば退学、授業料を滞納すれば退学。卒業させる前提で考えれば、学院側もおいそれと生徒を受け入れる訳にはいかないのだろう。

難関を突破し、晴れて入学を許可された生徒は例外なく寮で生活する事になる。

獅子王の所属する青寮《カエルレウム》。赤寮《ルーフス》、黄寮《フラーウム》、緑寮《ウイリディス》、そして特別寮《ウイオラーケウス》。

長期休暇の帰省を除いて、彼らの人生は常に学院と共にある。

学業は言うまでもなく、クラブ活動、日々の生活、そして休日に至るまで、学院には生徒を監督する責任があった。


ところで、学院には教室で授業を行う教員以外にも教師がいる。

寮で宿題や授業の遅れについて補習をする寮付教師《チューター》だ。

二十代の学生アルバイトから六十歳を超える元教員と幅広く、また、彼らの仕事は学外にも及んだ。


青寮の前に生徒が七人程度の班に分かれて固まっている。品行方正であれと言動に落ち着きを求められる寮生達も、今日この日には笑顔を隠しきれない様子だ。

「皆、気を付けて。いってらっしゃい」

寮母《メイトロン》の二宮《にのみや》が眦《まなじり》の皺《しわ》を下げて送り出す。

「第一班、出発するぞ」

「はい！」

年若い寮付教師が七人の生徒を先導して校門へ向かったのを皮切りに、各班が次々と寮付教師に連れられて行った。

月に一度の休日、寮生は寮付教師の引率で外出が許可された。

映画館、遊園地などの遊興施設、百貨店にファストフードといった校内にない店。スポーツ観戦や、自身らがアウトドアスポーツを楽しむ事も出来る。

「それでは、天堂《てんどう》寮監《ハウスマスター》。お先に」

老齢の寮付教師がフェルト帽を傾けて高学年の寮生に前を歩かせた。

「あの班は制服を着ていかないのですね」

日辻が言うと、寮監が掲げた手を下ろしておっとりと微笑んだ。

「後学の為、レストランバーで食事をするそうです。さて、私達も行きましょうか」

「よろしくお願いします」

最初に応《こた》えたのは寮長の瀬尾《せお》。日辻と弓削がそれに倣う。

獅子王は複雑な気持ちで何となく会釈をしておいた。

学院から街までの道のりはさほど遠くはない。広大な敷地と高い塀で外界から隔てられているが、一歩外に出れば学院も街並みの一部に溶け込んだ。

「校外学習の話は卒業生の従兄《いとこ》からよく聞いていました。とても楽しみです」

天堂が身長に比して幾分のんびりと歩く。歩幅は狭くないから、動作が緩やかなのだろう。仕立ての良いツイードのスーツと相俟《あいま》って、彼をより年嵩《としかさ》に見せる。

並んで歩く瀬尾は長い手足を上手に制御して、実に滑らかに歩調を合わせた。

「グランドツアーで世界中を学舎《まなびや》となさった寮監にとっては、校外とはいえ箱庭の様なものでは？」

「箱庭、大変結構だと思います。皆さんは、ゆくゆくは地球を庭として飛び回る方々ですから。今はその基盤を作る時。シードゥス学院は理想の学舎で、私の憧《あこが》れです」

二人の会話が黄色い銀杏《いちょう》の葉と共に、秋風に乗って耳に触れる。

獅子王は彼らの背中との距離が狭まる度に、踵《かかと》を地面に擦り付けて速度を落とした。人に合わせて歩くのは難しい。

「なあ」

日辻が上体を獅子王の方に傾けて声を潜める。

「何？」

「俺達の班だけ寮付教師ではないのって、やっぱり……」

日辻の苦笑いの先に消えた言葉を、獅子王は知っている。

「『問題児グループ』という事では？」

「そうだよな」

日辻が切り揃えた前髪の上から額を押さえた。

心当たりがあるので、獅子王は彼のように頭を抱えはしなかったが、模範生代表にもなれる日辻がこの班に割り振られた事に関しては責任を感じなくもない。

集団生活には問題が付き物だ。そして、獅子王は右へ倣えの集団行動に不向きなところがある。

学院が厳重な監督下に置いておきたいのは日辻自身ではなく、彼は寧《むし》ろお目付け役としての働きを期待されているのではないだろうか。

（本人に言っていいものか）

獅子王がなけなしの気遣いを試みている間にも、日辻は両目を剥《む》いて振り返った。

弓削が一人、街路樹を見上げて完全に足を止めている。

「幸希」

「理央、獅子王。見て見て、蓑虫《みのむし》」

日辻が寮監らを憚《はばか》って声を抑えたにも拘《かかわ》らず、弓削は無邪気に飛び跳ねる。白い帽子が頭からずれて柔らかな髪が靡《なび》くのを日辻が押さえ付けた。

「どうしましたか？」

歩みが遅れた彼らに気付いて、天堂が呼びかける。

「寮監、蓑ム――」

「何でもありません」

姿勢を正して誤魔化した日辻に、瀬尾が微《かす》かに眉根《まゆね》を寄せる。

「弓削の帽子が風に飛ばされそうになって、日辻が防ぎました」

獅子王が直前の事実だけを伝えると、前を行く二人の肩が下がるのが見えた。

「気を付けて。その角を曲がればすぐですよ」

天堂が優しく注意して前に向き直った。石造りの建物の、半地下へ降りる階段を囲んで、黒い鉄柵《てつさく》が直角に曲がり角を形成している。

二人の姿が見えなくなる前に、獅子王も続いて石畳を左折した。

曲がればすぐ。

実際にはその建物こそが目的地だった。

鉄柵が上り階段に沿って手《て》摺《すり》となる。五段を数えて出迎えられた扉は景色に溶け込んで存在を主張しない。ところが正面に立った途端、辺りは重厚な威圧感に包まれた。

天国の門か、地獄の門か。お前はここに相応《ふさわ》しい者かと問われているかのようで、獅子王の膝《ひざ》が逡巡《しゅんじゅん》を宿す。

扉に打ち付けられた小さな銅板にラテン語が刻まれている。

瀬尾が清澄な声音で読み上げた。

「クラブ、ロクス・ソルス」

人里より遠い場所。

「シードゥス学院の同窓生が集うサロンだ。学院の名に恥じぬ紳士の振る舞いを」

鍵《かぎ》の解かれる音が深く響いた後、扉は驚くほど静かに開かれた。

2

朝露に音階を与えたようだった。

ピアノが奏でる繊細な音が雫《しずく》になって鼓膜で撥《は》ねる。或《ある》いは極限まで縒《よ》った糸の様に、不純物を削《そ》ぎ落とした音が奏でる曲は、呼吸より自然に心臓の傍をすり抜けた。

ウォールナットの床板が敷き詰められたエントランスは、間口たったの二メートル、奥行きも五メートルほどしかない。入ってきた扉の他に右手と正面に扉があり、曲はその奥から聞こえてくる。

天堂が立ち止まったので、獅子王も釣られてそちらを見た。

壁だと思っていた。

「校外学習の届出をしております、青寮より五名です」

天堂が話しかけたのは壁面に空いた小窓である。獅子王が数歩退いて目線を持ち上げると、背の高い木箱だと分かった。

教会の告解室に似ている。全体に彫刻を施した荘厳な佇《たたず》まいが初期のバロック建築を彷彿《ほうふつ》とさせる為かもしれない。

小窓の向こうから衣擦《きぬず》れが聞こえて、鬚《ひげ》を蓄えた顎《あご》が覗《のぞ》いた。

「『見学』ですね。当クラブは寛《くつろ》ぎと安息をお約束しております。話しかけられない限り、皆様にお声を掛けないようお願い致します。注視、詮索《せんさく》も御無用です」

「承知しました」

「お飲み物を召し上がりますか？」

「失礼に当たりませんか？」

「問題ありません。バーカウンターでゲストチケットを御提示下さい」

小窓から鬚が見えなくなり、入れ替わりで黄色い札が重ねて置かれる。

「お帽子はあちらで」

白手袋をした手の平が示す先には、ポセイドンの槍《やり》を立てたようなコートハンガーが直立している。

天堂がチケットを受け取るのを確認して、小窓が板戸で閉め切られた。

「獅子王、弓削、日辻」

「はい」

瀬尾に呼ばれて、獅子王は帽子を取り、コートハンガーに掛けた。傍には下り階段があり、手洗いを指す案内板が貼られている。おそらくクロークも地下にあって、帽子やコートはそこで保管されるのだろうと推測された。来訪者の私物を預かるには受付は狭すぎる。

「チケットを一枚ずつ持って。もし判断の付かない事があったら瀬尾さんか私に訊《き》きに来て下さい」

天堂が四人に黄色の札を手渡した。

「ちょっと緊張する」

「何故？」

「ソーダあるかな」

獅子王と弓削の共感を得られなかった日辻が、憮然《ぶぜん》としてチケットを胸ポケットに差す。獅子王は手の中のチケットをじっくりと見た。

木製の札に黄色の塗料が塗られて、黒の刻字を指でなぞると縁が薄く窪《くぼ》んでいる。ロクス・ソルスの名とドリンクの文字に並んで、赤い刻字が小さくあった。

『visitor』――在学中の獅子王らはまだ、ゲストの扱いらしい。

「成程、卒業出来ないかもしれない可能性が」

「いきなり何？　不吉な独り言、やめろよ。獅子王」

弓削が苦々しい顔で首を竦《すく》める。獅子王は誤解を解こうとしたが、猶予はなかった。

床が革靴の踵《かかと》でコツコツと鳴らされる。

「二人とも、行くよ」

日辻に呼ばれて顔を上げると、瀬尾が既にドアノブを回している。

弓削が身を翻した弾みで彼の帽子がコートハンガーから落ちたので、獅子王は身を屈《かが》めてそれを拾い上げた。幸い、白い帽子に目立った汚れは付かなかったようだ。

安堵《あんど》した獅子王の耳に、不意に届いた低い声。

「来客五名、ペルソナ一名」

獅子王は辺りを見回した。

エントランスには五人の姿しかない。立ち上がってコートハンガーに帽子を掛けると、受付の側面の扉が開いて、スーツの男性が少し驚いた顔をする。

「獅子王」

自分を棚に上げて、弓削が尤《もっと》もらしい態度で急《せ》かす。

「失礼します」

獅子王は扉の陰に控える男性に会釈をして、皆に合流した。

3

ピアノの音が明確な輪郭を得た。

戸口に立って正面、縦長の部屋の奥に黒いグランドピアノが端座している。チョークストライプの三揃いを纏《まと》った人がメモの様なものを譜面台に置くと、伴奏が滑らかに転調し、波紋が広がるように追ってメロディが主旋律を変える。

曲がすっかり別物になった時、獅子王は漸《ようや》く、生身の人間が弾いているのだと認める事が出来た。それほどに完璧《かんぺき》な演奏である。

室内に椅子はなく、ピアノから時計回りに視線を巡らせると、窓辺に一枚の天板を長く渡してテーブルが作り付けられている。メンバーの多くはそちらに寄ってグラスを傾けており、フロアの中心は床の組み木細工が見える程度に人気《ひとけ》も疎《まば》らだ。

窓の対面側に両開きの扉がある。

そこから獅子王らが立つ扉脇にかけて壁沿いに、L字型にバーカウンターが設けられていた。

と言っても、廊下側の戸口からは引き戸の付いた小さな窓しか見えない。エントランスの受付に似ているが、位置が二十センチほど高く、獅子王の肩とほぼ同等だ。戸を滑らせる木製の溝《レール》は金属みたいに光沢を帯びて、埃の一粒も落ちていない。頻繁に開閉されているのだろう。

ちょうど老齢のメンバーが窓辺から離れて近付いて来たので、獅子王と日辻が左右に避《よ》けると、彼はグラスを片手に引き戸をノックした。

引き戸が内側から開かれる。

中は上下二段の棚になっているが、背板はなく、バーカウンターの内側に吹き抜けている格好だ。老齢のメンバーが下段にグラスを置く。彼が立ち去ってすぐ、引き戸は速やかに閉められた。

「飲み終わったらここに持って来ればいいみたいだ」

日辻が顎に手を添えて頷《うなず》く。彼の慎重さとは打って変わって、弓削が待ちかねた様子で獅子王の腕を摑《つか》んだ。

「片付けより注文が先だろ」

急に引っ張られて躓《つまず》きそうになる。獅子王の革靴は採寸時に今後の成長を考慮された為、爪先まで感覚が行き届かない事があった。

進行方向にいた大人達が数人、首を傾げて振り返る。そんな彼らを見て、隣室から入って来た数人までこちらを向いたが、獅子王は目礼する余裕もなくバーカウンターの前に引き出された。

照明が乱反射した。

棚に並ぶ様々な瓶、頭上から逆さに釣られたワイングラス、管理人《バーキーパー》が今まさに砕いた氷が照明を反射して光を鏤《ちりば》める。

管理人は二人に一瞥《いちべつ》をくれただけで口髭《くちひげ》すら動かさない。

「お願いします」

弓削が黄色いチケットをカウンターに置く。獅子王も一緒になってチケットを出すと、管理人は二人の後ろに目線を遣《や》って、後ろで待つ日辻と瀬尾を捉《とら》える。

「御注文を伺います。順に」

石油ストーブの低い唸《うな》りの様な声だ。温かな炎と冬の寒気を思い出させる。

弓削は棚を見回してから、備え付けのサーバーに彼らも見知ったラベルを見付けて目を輝かせた。

「ソーダください」

「ぼくもソーダをください」

獅子王が便乗すると、日辻が口を開きかけて躊躇《ためら》う。

「私はアップルタイザーをお願いします。日辻は？」

「ぼくも同じものを。アップルタイザーの方で」

獅子王や弓削より落ち着きのある彼だが、寮長と並ぶと三歳の年齢差を大きく感じる。日辻の家は父親も祖父も学院の卒業生だというから、伝統の重みをより感じるのかもしれない。

管理人が裾《すそ》の細くなったグラスを傾けてハンドルを倒し、透明なソーダ水を注ぐ。グラスの底からシュワシュワと立ち上った炭酸が、水面でパチパチと弾《はじ》ける。

弓削と獅子王がグラスを受け取って端にずれると、管理人は一旦《いったん》、回収口の小窓を開けに行った。獅子王が炭酸に気を取られている間にノックされたらしい。彼は空のグラスを籠《かご》に移してから、冷蔵庫を開けて緑色の瓶を二本取り出すと、栓を抜いてそのままカウンターに置く。

一ストロークで黄色のチケットを集める手際は優雅でさえあった。

「寮長は前にも来た事があるのですか？」

日辻が、窓辺へ移動する瀬尾に同行する。獅子王も行く当てがなかったので後に続いた。弓削も遅れて付いて来る。

瀬尾は作り付けのテーブルに瓶を置いて背を返した。曇り加工の施されたガラス窓が陽光だけを通した。

「吉沢《よしざわ》生徒会長を覚えているか？」

「勿論《もちろん》です」

日辻が即答する。獅子王は瀬尾の分かりきった質問に小首を傾げた。学院の生徒が会長の名を忘れる訳がない。

瀬尾が瓶に口を付ける。

「役職付きになると、卒業生との関わりも増える。生徒会長を始め、監督生《プリフェクト》と寮長は就任時に挨拶《あいさつ》に来るのが慣わしだ」

「関わり……あ」

日辻の瓶を持つ指に力が入って、手の甲に骨が浮かぶ。

「何？」

弓削はまだ思い出せないでいるらしい。獅子王は肩を寄せて声を落とした。

「学内で問題が起きた時、会長が連絡を取ってくれただろう」

「そっか、警察と――」

「シッ」

日辻が慌てて弓削の口を塞《ふさ》ぐ。獅子王は素早く視線を走らせたが、こちらを向く人はいなかった。

「離すぞ？」

目で凄《すご》んで念を押す日辻に、弓削が何度も頷き返す。手が外されて二人が息を吐き出す。釣られて獅子王も緊張した肩を下ろした。

　瀬尾が密《ひそ》やかに笑みを零《こぼ》す。

「そう硬くならずとも、ここは鬼の棲家《すみか》ではない」

「でも、ぼく達の校外学習だけ学院の施設なのは、問題のある生徒と見做《みな》されているからですよね？」

　日辻の声音が強張《こわば》って、呼吸が意図的に抑えられる。

　瀬尾が持つ瓶の底に気泡がひとつ、またひとつと数を増して張り付く。

「理央？」

　弓削の呼びかけは、日辻に届かない。結露した瓶から日辻の手に雫《しずく》が伝う。

「つまり、役職付きの顔見せとは正反対の意味で、ぼく達はクラブの人達に記憶される事になる」

　まるで彼ら自身がお尋ね者の張り紙の様に。

　獅子王は眉根《まゆね》を寄せた。そこまで考えていなかった。問題が起きても対応しやすいとか、娯楽でなく学習に重きを置くだとか、その程度に思っていた。

　クラブに素行の悪い生徒を連れて来るのが恒例になっていたとしたら、獅子王、日辻、弓削はフロアに入った瞬間に、見せ物にされたも同然ではないか。

「何それ、晒《さら》し者《もの》って事？」

弓削が率直に不快感を表す。獅子王も納得がいかない。

「寮長。悪意ある差別は学院の方針ですか？」

「質問は理解した。順に答えよう」

緑色の瓶がテーブルに置かれる。分厚い底から一気に立ち上って弾ける泡が、静電気の散る音に聞こえた。

「分かりません」

返答は、聞き馴染《なじ》みのある声だった。

瀬尾ではない。彼の大人びた横顔はピアノの方を見遣っている。

主旋律が中断されて演奏が止む。静まり返った室内に、木枯しに似た囁《ささや》き声が蔓延《まんえん》した。

「ペルソナだ」

「だからペルソナは」

怪訝《けげん》な視線が集中する。

壁に向かって立つグレーの三揃いの背中が、歪《いびつ》な皺《しわ》を寄せた。

「大切な鍵《かぎ》です。私は肌身離さず持ち歩いていた」

「私には何の事か」

頭《かぶり》を振ったのは天堂だ。彼は気圧《けお》されるように後退《あとずさ》りして、殆《ほとん》ど壁とピアノの間に押し込まれている。

「ですから、見ていないかと尋ねているのです」

「知りません」

「私は知っています。貴方《あなた》とは幾度となく目が合った。私を見ていたからですよね。何故です？」

天堂が一言答える間に、相手は二言三言と畳みかける。

「寮長。寮監が……」

「瓶を頼む」

瀬尾が窓辺から向かおうとした時、

壁際まで退いた天堂の方から、ジャリ、という金属音がした。

「そこか」

グレーの三揃いが身を屈《かが》めて天堂の足元に手を伸ばす。天堂は焦って身を捩《ひね》ったが男と壁に阻まれて動けない。丸まった上体が背筋を伸ばして、立ち上がると同時に腕を掲げた。

軽く曲げた人差し指に下げられた、小さな鍵。

「杜撰《ずさん》な証拠隠滅ですね」

蒼白《そうはく》になる天堂を中心にして、木枯しの囁きが耳障りな響きを重ねた。

4

巨大な取調室、もしくは豪奢《ごうしゃ》な牢獄《ろうごく》だ。

バーの隣室――エントランスから正面に当たる部屋に連れられて、獅子王は乾燥した神経を無遠慮に触られる感覚がした。

苔桃《こけもも》色の絨毯《じゅうたん》を敷き詰めた床は大講義室に匹敵する広さを持つ。ノートが一冊しか置けない小さな丸テーブルを囲んで、肘《ひじ》置きに丸みを付けた一人掛けのソファが車座に置かれている。それが十五セットもあるだろうか。

所によって床に段差を付け、また、植木を挟んで空間を分けるが、高い天井が決定的に部屋をひとつにした。

獅子王が座るソファとベンジャミンの鉢植えを挟んで背中合わせに弓削が、左前方の窓辺の席に日辻が、右後方の壁際、床が一段下がった先に瀬尾が留め置かれている。それぞれの席に数人ずつ大人が同席して、値踏みするような目で彼らを眺めた。

視線が粘着性を帯びて、胃の腑《ふ》に溜《た》まる。蛙の卵が巣喰ったみたいだ。

獅子王は眉間《みけん》に力を籠《こ》めた。

「ぼくが事情を聞く事は許されますか？」

向かいに座る二人の大人が顔を見合わせる。栗色の髪の方は気が乗らない様子だったが、胸に紺色のチーフを差す方が快く応じた。

「相染《あいぜん》さんの私物がなくなった。貸し金庫の鍵だったか？」

「会社の収支に関わるとだけ」

栗髪が及び腰で曖昧《あいまい》な返答をする。年齢でいうと紺チーフの方が年嵩《としかさ》に見えるから、先輩後輩の力関係があるのかもしれない。

紺チーフは鼻白んで、太い指輪の付いた中指と薬指を振ってみせた。

「それを所持していた廉《かど》で、君達の引率者である寮監が相染さんとスタッフに聴取を受けている。現状説明としてはこんなところだ」

「話に食い違いを感じます」

獅子王が反論するとは思わなかったのだろう。紺チーフは疎《おろ》か、栗髪も眉《まゆ》を顰《ひそ》めて身構えるように獅子王を見る。

先輩だろうと伝統がある場所だろうと事実は事実だ。獅子王は二人を見据え返した。

「鍵が発見されたのは寮監の足元です。寮監のポケットでも手の中でもありません」

「咄嗟《とっさ》に捨てたと言われているが？」

「不自然です。相染卒業生は鍵が発見される前から寮監が犯人だと決め付けているようでした。しかし、論理的な根拠があるようには聞こえませんでした」

「それは、仕様がない」

「何故ですか？」

詰め寄った獅子王から、紺チーフが目を逸《そ》らして栗髪に視線を投げる。栗髪は気が進まない風にネクタイを直したり腕時計を見たりしていたが、獅子王が待ち続けると、根負けしたように嘆息した。

「君達の寮監はペルソナだから」

「ペルソナ？」

ここに来てから度々、耳にしていた単語だ。心理学に於《お》ける対外的仮面や、ビジネス用語で架空のユーザー想定といった意味合いで使われるが、どちらも今の状況にはそぐわない。

「歓迎《ペルソナ》されない《ノン》人《グラータ》」

栗髪が俚耳《りじ》を憚《はばか》るように小声で告げる。

「学院の卒業生ではない、部外者の来訪者はそう呼ばれるよ」

「！」

獅子王は額に熱が集まるのを感じた。

馬鹿げている。

「寮監が学院の卒業生ではないから、窃盗犯に相違ないと言うのですか？」

獅子王の声が我知らず高くなる。

ベンジャミンの葉が揺れて、弓削が振り向く気配がする。魚眼レンズを通したように、やけに開けた視界の端で日辻が腰を浮かせて、瀬尾が顔を上げる。

「私はペルソナの意味を説明しただけで」

栗髪が困惑した表情で周囲を気にし始めると、紺チーフが我が物顔で割り込んだ。

「では聞くが、君は学院の生徒が罪を犯すと思っているのか？　学院の教育レベルは犯罪者に堕《お》ちて止むなしと？」

高圧的に議論を牽引《けんいん》する。

獅子王は違和感を覚えたが、内容と論調の強さに思考が圧迫されて、思うように言葉に出来ない。

紺チーフが目を眇《すが》めて乾いた唇の端を吊《つ》り上げる。

「学院への侮辱と取られても弁明出来まいよ、君」

犯罪に手を染めた卒業生。

獅子王の脳裏に一人の顔が浮かぶ。学院内で隠蔽《いんぺい》された彼の犯行は、卒業生にも知らされていないだろう。

シードゥス学院に入らなければ、彼は動機すら持ち得なかった。因果関係で語るなら、罪人を作ったのは間違いなく学院である。

そして、彼を苦しめた学院内の閉鎖的体質が、今、排他的体質へと裏返って天堂に咎《とが》を背負わせようとしている。

「先輩の時代には学院を盲信せよと教わったのですか？」

挑発的な言い方になるのを、獅子王は自重しなかった。苛立《いらだ》ちが炎の様に熱い。

紺チーフもまた、不快感を隠さない。

「君こそ何故、根拠もなく寮監を信じる？」

「根拠があればいいのですね」

売り言葉に買い言葉。

見上げると、ソファの後ろに日辻が立っている。弓削も一緒だ。頬を膨らませて憤然とする弓削を肘で制して、日辻が善い子の笑みを浮かべた。

「社会勉強をさせて頂きます。御協力よろしくお願いします」

紺チーフと栗髪が言葉を失って押し黙る。

獅子王は背筋を通して立ち上がり、丁寧にお辞儀をして、二人と共に退席した。

バーカウンターのある現場で、まさに裁決の木槌《きづち》が振り下ろされようとしていた。

「警察に届け出ない事に感謝してください。幕引きは御自身にお任せしますが、お忘れなく。どの道、学院には報告が行くでしょう」

「解雇になる前に自ら辞職しろと……？」

「どう取るかは貴方《あなた》のお好きに」

相染の蛇の様な冷淡な眼差《まなざ》しに切り捨てられて、天堂は逃げるように視線を逸らす。が、獅子王達の姿を目にした瞬間、弱々しいながらも笑顔を作った。

「すみません。寮に連絡をして行田《ぎょうだ》さんに迎えに来てもらいますので、彼と何処かで食事をしてください。今日の課外授業はそちらに替えましょう」

「寮監」

「はい？」

獅子王に応《こた》えて、天堂が笑みを和らげた。

「寮監はぼく達と別れた後、何処にいましたか？」

「バーとサロン、エントランスを見て回って、最終的にはあちらの壁際でピアノを聴いていましたが」

まだ質問の目的が摑《つか》めないらしい。きょとんとしながら答える天堂に、弓削が意気込んで地団駄を踏む。

「ぼく達と一緒に飲み物を飲んでいれば疑われなかったのに」

「そうですね。すみません」

天堂が微苦笑した理由は、瀬尾によって明かされた。彼は獅子王達に同行するでもなく、天堂が事件当時そうしていたように、サロンへ続く扉を背に立っている。

「寮監にドリンクチケットは提供されない」

「え」

日辻が驚きの端で声を漏らす。

獅子王は自身の短い前髪を摘《つま》んで痛いほど引っ張った。

「卒業生ではないから」

サロンの利用者にカウントされないから、権利が行使されない。

「心、狭っ」

弓削が素直に辟易《へきえき》とする。その態度は相染の反感を買ったようだった。

「もしや、君達は寮監を庇《かば》おうとしているのですか？　誤った情にかまけて正当な誠意を欠けば、あらゆる不利を招きますよ。将来的にも」

相染が細い顎《あご》を指で挟んで、脅迫めいた文句と共に眼光を鋭くする。獅子王の生まれた地方では、広い額は叡智《えいち》の象徴と祝福されるが、その奥で理不尽に他者を陥れる事しか考えられないのなら知恵など持たない方がマシだ。

「ぼくが求めているのは問題の解決です」

「犯人は学院の卒業生ではなかった。これ以上の大団円がありますか？」

「卒業生でない事に出来れば真相はどうでもいいと聞こえかねないので、口の利き方には注意なさった方がいいと思います」

獅子王が真っ向から対抗すると、漸《ようや》く相染の見下す目付きが人間味を含んだ。

「まあ、いいでしょう」

相染が鍵《かぎ》に付けたリングを人差し指にはめて、第一関節で回転させる。

「喉《のど》が渇きました。サロンで一杯頂く事にします。私が飲み終わるまでせいぜい傷の浅い身の振り方を考えてください」

犯人と決め付ける挑発に、天堂が口を噤《つぐ》んで俯《うつむ》いた。

相染がバーカウンターでエールを注文する。酒を注ぐ音が明確《はっき》りと聞こえる。彼は気取った仕種《しぐさ》でこれ見よがしにグラスを掲げて見せると、愉悦と見紛《みまが》うばかりの笑みを広げて、サロンの扉へと消えた。

5

「そういう事なのです」

管理人は純白の布巾《ふきん》でグラスを拭《ふ》きながら言った。

彼は丁寧に磨いたグラスを照明に透かして、更に一拭きしてからワイングラスの脚をホルダーに滑らせる。釣り戸棚の底面に渡された針金のレールに幾つものグラスが下がる様はシャンデリアに似て、直視すると光の残像が瞼《まぶた》に焼き付いた。

「彼がいなければ、私か別のスタッフが疑われたでしょう。貴方がたの寮監は運が悪かった、その一言に尽きます。真に犯人でなければ、の話ですがね」

「証明します」

獅子王は複雑な気持ちで答えた。国語の教科書では、苦虫を嚙《か》み潰《つぶ》したよう、などという比喩《ひゆ》表現を習ったが、実際に舌の根に苦味を感じて眉《まゆ》が歪《ゆが》む。

管理人も天堂の疑わしさを否定しない。しかし、彼もまた学院の選民主義によって除外される立場の一人なのだと思うと、獅子王の腹の中が不明瞭《ふめいりょう》にざわざわした。

「けど、何を訊《き》けばいいんだ？」

弓削が腕組みをする。獅子王も口をへの字に曲げた。

「寮監の行動を明らかに出来ればいいのだろうけど」

「不在証明《アリバイ》ってやつだな」

「そう。でも犯行時刻が明確でないから、クラブに到着してから鍵が見付かるまでの全時間に目撃者が要る」

五分の空白も許されない。獅子王と弓削が管理人を見上げると、彼は水滴を纏《まと》う洗い上がりのグラスに布巾を被《かぶ》せて手に取る。

「お飲み物を注文された方としか関わらない仕事ですので」

「水も飲ませないとか腹立つなあ」

憤慨する弓削に管理人は小さく頭を下げたが、それこそ彼には関与出来ない事だ。

「飲み物を注文した人なら覚えているのですか？」

日辻が猫目の眦《まなじり》を釣り上げる。

布巾の陰でグラスが小気味よい音を鳴らした。

「相染先輩の行動を覚えている範囲で教えてください」

「……非常時、ですので」

管理人の前置きが彼をリスクから遠ざける。獅子王は日辻、弓削と一塊になってバーカウンターに身を寄せた。

「相染様は九時頃に来て、エールを一杯お持ちになっています。グラスを返却した時には十時半を回っていました。それまではサロンの方にいらしたようです」

「オレ達が来たのが十一時前だから、相染はあの時点で二時間はいたのか。大人って暇人だな」

弓削の感想に、管理人は敢《あ》えて耳を貸さない顔で話を続ける。

「しばらくこちらの部屋にいて、貴方がたがソーダを注文される五分ほど前に新たにエールを一杯お持ちになり、サロンに入って行きました。次に戻って来た時にはあの騒ぎでしたね」

「その時、相染先輩は鍵を持っていましたか？」

「分かりかねます」

日辻の確認はすげなく返された。獅子王のポケットに今、ハンカチが入っているか否かも、管理人には知り得ないだろう。

しかし、日辻や弓削なら知っている可能性がある。獅子王がベッドサイドの机に置き忘れたのを見たかもしれないからだ。相染にも友人はいるだろう。

「相染さんと仲がいい人は分かりますか？」

「分かりかねます。が、連れ立ってお飲み物の注文にいらっしゃったのは……」

管理人が黒目だけを動かして、窓辺のテーブルを見遣《みや》った。

遠目には地味に思えたネイビーのスーツは、よく見ると洒落《しゃれ》たグレンチェックだった。腰と襟も細く絞ったデザインで、作り手と着る人のこだわりを感じる。

「先輩に喧嘩《けんか》を売るとは、なかなかやるね、後輩」

耳の上で波打つ髪は生来の癖毛ではなさそうだ。真ん中で分けた前髪は右と左で長さが異なり、内側だけ赤く染められている。

アイロンの利いたシャツに宝石付きの金のカフスボタン、ウィングチップの靴は下ろしたてみたいに艶《つや》やかで、セルフレームの眼鏡だけが借り物みたいに浮いている。

「喧嘩を売ったのは相染さんで、売られたのは寮監です」

獅子王が事実関係を正すと、彼は笑みで細めた目を開き、双眸《そうぼう》に好奇の光を乗せて、セルフレームの眼鏡を押し上げた。

「それでは、君達とぼくは部外者同士、何の気兼ねもいらないね」

「相染さんの行動を教えてもらえますか？」

「いいよ」

「あの、ありがとうございます」

親しい友人であれば、証言を断られるかもしれないと身構えていた。獅子王が拍子抜けして不格好に礼を言うと、彼は益々《ますます》、愉快げに笑顔を崩した。

「相染先輩はサロンで自慢話が舌好調だったよ。戦果《プライズ》みたいに鍵のリングを指に嵌《は》めて回転させて、見せびらかしてたな」

「サロンにいる間は持っていたのですね」

「皆も見ていたはずだ」

肌身離さずと言うのは強《あなが》ち誇張でもなかったらしい。

「一度、バーにお酒を取りに行って、戻ってからは上の先輩がヨットで海峡を横断した話をしていたから、相染先輩の独擅場《どくせんじょう》はそこまでだったね」

「上には上がいるんだな」

弓削が声を潜めて、日辻に肩を寄せる。相染は四十代半ばに見えるから、同窓生が集えばよくて中堅というところだろう。

「君の寮監がサロンを歩き回っていたのもその頃かな。相染先輩は気にして睨《にら》んでいたけど、寮監は五分も留《とど》まらないでエントランスに出て行った」

「他の来客時もそんな風にするのですか？」

「概《おおむ》ね大差ない。相染先輩に限らず、卒業生以外が入って来るのを嫌がる人はいる。まあ、でもあまり責めないであげて欲しい」

「差別を？」

日辻の声が険しくなる。だが、返されたのは同情でも罪悪感でもなく、冷静な大人の眼差《まなざ》しだった。

「学院に他校生がいたらどうする？　君達は怪訝《けげん》がって先生に報告するだろう」

「それは、違反行為だからです」

「難しいところだ。学院と違って校則はなく、寮監も学院の関係者。けれど、ここには学院の卒業生だけが入店を許される前提で守られる多くの秘密がある。個人的な醜聞に、業務上の機密。そういうものを安心して話せる場所なんだ」

「学院の卒業生というだけで？」

「君の寮監は機密を手に高跳びしても得しかしないが、我々には今後、学院の名を語れなくなる。卒業生の肩書きは保証で、脅迫だ」

腕組みをしてもグレンチェックが引き攣《つ》れない袖《そで》から、仕立ての良さが窺《うかが》える。

獅子王は反発心を覚えながら、心臓の裏側で理解もしてしまった。

シードゥス学院の出身者は社会でも様々な恩恵を受けられる。政治、経済、人脈、信用。それらを捨てる事は、人生を棒に振ると同義になる者も少なくない。

「ぼく達が今日、見学に来る事は、皆さんにも知らされていましたか？」

「おや、後輩。賢いな」

獅子王を褒めてから、彼は日辻と弓削にも視線を送る。

「寮監に罪を着せる為に、敢《あ》えてクラブで犯行に及んだか。答えは否だ。君達の来訪はスタッフには知らされていただろう。だが、相染先輩が今日、例の鍵《かぎ》を持ってクラブに来るとは誰にも予測出来ない」

「そうですね。クラブの外や自宅で盗む方がまだ筋が通る」

「じゃあ、外で落としたか掏《す》られたかしたんじゃない？　俺達が来る前に一度、何処かに行ったとか」

　弓削が第三の可能性に望みをかける。獅子王も念の為、返事を待ったが、期待した答えは得られなかった。

「暫《しばら》く離席はしたけれど、せいぜい二、三十分程度かな。二杯目を持って戻った時は、ホッケー部の人と一緒だったから訊《き》いてみるといい。ほら、バーカウンターの前にいる大柄な方だ」

　視線で促されて見ると、バーカウンターには三人の客がいる。いずれもスーツの上からでも分かる、引き絞られた体格をしているが、中でもキャメル色のスーツの背中は隆々とした筋肉で窮屈なくらいだ。

「彼とサロンに戻ってさほどしない内に、相染先輩は青い顔でポケットを探り始めて、ソファの周りを捜した後、思い付いたみたいにバーの方へ飛び出して行った。ぼくが知っているのはこれくらいだね」

「ありがとうございます」

「どう致しまして」

彼は最後まで、何処か面白がるような笑みを浮かべていた。


鍵が消えた時間が狭められてきた。

「相染先輩がサロンで一杯目のお酒を飲んでいる間、鍵はあった」

「十時半頃までだって」

日辻の情報整理に、弓削が補足を加える。寮では遅刻をよくするから、弓削が時間を覚えているのは意外だったが、記憶と実行では使う脳回路が別なのだろう。素地の記憶力は良い彼だ。

「十時半以降、騒ぎになる十一時二十分くらいまで……寮監の潔白を証明するにはまだ幅がある」

「もっと絞り込まないと」

日辻の言葉を受けて、獅子王は確《しか》と顔を上げた。

キャメル色のスーツを着た彼は、バーカウンターから数歩と離れずグラスを傾けていた。黒ビールを水みたいに空けていく様に、弓削が呆気《あっけ》に取られて口を開け放す。

獅子王と日辻が声を掛けるタイミングを計っていると、彼と談笑していた一人が先に気付いてこちらを指差した。

　キャメル色の分厚い背中が振り返った。

「おっ、在学生。調子はどうだ？」

　まるで知己の仲の様に距離を詰められて、日辻と弓削が後退《あとずさ》りする。獅子王はそういった点、太々《ふてぶて》しい方だったので、代表して先頭に立った。

「初めまして。青寮一年の獅子王です」

「青！　惜しいなあ、おれは黄寮だった」

「お話を聞いてもいいですか？」

「おう。よろしく、在校生」

　分厚く大きな手が差し出される。獅子王が右手で握り返すと、両手で摑《つか》まれて上下に振られた。獅子王のまだ細い腕が肘関節《ちゅうかんせつ》で捻《ねじ》れそうになった。

「すげえ、会話になってないのに話が進んでる」

　弓削の密《ひそ》やかな嘆声は聞き流しておいた。

「相染さんと一緒にいた時の事を教えてください」

「ほんのちょっとの時間だぞ」

「構いません」

　獅子王が即答すると、太い親指と人差し指で隙間を作ろうとしていた彼は、瞑《つぶ》った片目を開いて頷《うなず》いた。

「相染とは来た時に会った。十一時くらいだ。前の店を——ここから徒歩五分ほどだが——十時四十五分に出たからかなり正しいと思う」

「以降、一緒に行動を？」

「でもないな。ホッケー部で懐いてくれていた後輩で、いつもの調子で試合後さながらに握手を交わしたが、立ち話も殆《ほとん》どしなかった。酒を注文して、サロンに入って、そこまでだ」

　管理人の話では、相染は獅子王達が来る五分前にエールを受け取っているから、彼らが固い握手を交わしていた時、扉一枚を隔ててすぐ傍にいた事になる。

（目と鼻の先にいた事実は寮監にとって不利になるかもしれない）

だが、都合の良い情報だけを取捨選択しては公平性が、延《ひ》いては信憑性《しんぴょうせい》が揺らぐ。

獅子王が眉《まゆ》を顰《ひそ》めると、明るい一辺倒だった彼が巨体を屈《かが》めて三人を呼び寄せた。

「聞いてくれ、在校生」

　間近で見た彼の肌は日に焼けて、彫刻の様に深く皺《しわ》が刻まれている。

「相染は、態度は横柄に見えるところがあるやもしれん。だが、学生時代から人一倍の努力家なんだ」

「…………」

だから何だとは訊き難い。獅子王と日辻は堪《こら》えたものの、弓削が遠慮なく顔面に疑問を浮かべる。日焼けして硬くなった目尻《めじり》が微苦笑を留《とど》めた。

「君らが寮監の人柄を知るように、相染にも人に愛される人柄がある。両方を知るか、両方を考慮しないか、でないと不公平だろう」

「うー」

「確かに」

弓削は不満そうに唸《うな》ったが、日辻の冷静な相槌《あいづち》に、獅子王は熱で歪《ゆが》んだ感情が鎮められるのを感じた。

寮監を庇《かば》うだけでは誰も自分達の話に耳を貸さない。彼のアドバイスは相染の為であり、また獅子王達の為でもある。

「僕は、自分の印象を消す事は出来ません」

獅子王は吸い込んだ空気を肺で止めて、続く言葉と共に強く吐いた。

「だから、事実を見極めて考えるよう努力します。御指導ありがとうございます」

「いい心がけだ。励めよ、在校生」

彼は厚い胸筋を反らして腰に手を添える。それから、歯並びのいい前歯を見せて証言を纏《まと》めた。

「相染とは十一時頃に話した。握手をした時、両手の平に硬くなった肉刺《まめ》があった。

今でもストイックにトレーニングを続けている事実は採用してもらえるかな？」

「……それは狡《ずる》くないですか？」

日辻が呆《あき》れた半眼を向けると、彼は声を上げて闊達《かったつ》に笑い飛ばした。

その声が、遠い。

腹から響くような声量に晒《さら》されているにも拘《かかわ》らず、獅子王の焦点は全く別の場所に合わせて引き絞られていた。

脳内に点在する情報がチカチカと瞬いて、其処《そこ》彼処《かしこ》で存在を主張する。ある者は金星の様に明るく、ある者はベテルギウスの様に光を弱め、まだ見えない繋《つな》がりが何かの姿を象《かたど》ろうとする。

「獅子王、どうしたの？」

弓削が逸早《いちはや》く気付いて、獅子王の顔の前で手の平を振る。

獅子王の瞳《ひとみ》は彼の手を擦り抜けて、一直線にバーカウンターを捉《とら》えた。

「もしかしたら」

獅子王は譫言《うわごと》に溢《あふ》れた声音とは裏腹に、確たる足取りで歩き出した。

「あっ！　すみません、お話ありがとうございました」

日辻と弓削が小走りに追い付く。

「何なに？　何か見付けた？」

「かもしれない」

獅子王は返事もそこそこに、バーカウンターが空くのを待って管理人の前に立った。

「御注文をどうぞ」

管理人が決まり文句で出迎える。

どう訊くべきか。

獅子王は未《いま》だ形の定まらない光の中で、最も近い欠片《かけら》に手を伸ばした。

「耳がいいですね」

「私……でしょうか」

管理人の問いに、獅子王は頷いた。

「僕達が注文した時、貴方《あなた》は回収口にも応じた。僕は聞き逃したけど、ノックされたのですよね」

「お帰りを急ぐ方もいらっしゃいますので、注文より片付けを優先して速やかにお応《こた》えするよう心がけております」

光を結ぶ線が引かれる。

獅子王は更に、あるはずの場所に強引に理論を通した。

「幽霊が来ませんでしたか？」

「へ？」

「獅子王、何の話だ？」

日辻と弓削が困惑して首を傾《かし》ぐ。

管理人がグラスを置いて悪戯《いたずら》っぽく眉を上げる。

「幽霊の服の色は、キャメル色」

「よく御存じで」

全ての光が、推理の上で一本道に並んだ。

☆　☆　☆

回答一

ピアノの音は偉大だ。

人を励まし、心を安らがせて、時に静けさを作り、時に音を隠す。

美しい旋律が伸びやかであればあるほど、今はがらんどうの空間を広く、物悲しく感じさせる。一部の人間を除いてサロンに御退場願った為だ。

バーに残ったのは当事者の天堂と相染、証言者の二人と管理人、ピアニスト、それから瀬尾、日辻、弓削、獅子王の計十名である。扉に聞き耳を立てられないとも限らないと言って、ピアノを弾き続けてもらう事を提案したのは瀬尾だった。

瀬尾は、既に真相に辿《たど》り着いているのではないだろうか。しかし、彼の涼しい佇《たたず》まいは獅子王に尋ねる隙を与えなかった。

「人払いも済んだようです。今度こそ謝罪をして頂きましょうか」

相染が空になったグラスを揺らして、氷の澄んだ音を鳴らした。

「何度でも言います。私は鍵《かぎ》を盗んでいません。寮監として、生徒に示しが付かない行いは決してしないと断言します」

天堂の主張を真摯《しんし》に受け止めている大人がここに何人いるだろう。獅子王は焦《じ》れる気持ちを押し退けて、単刀直入に切り込んだ。

「相染さん」

彼が口を開くより速く。

「犯人は貴方《あなた》です」

獅子王の先制に、相染が絶句した。

皆が目を白黒させる。ピアノの音が数拍詰まってずれる。しかし、獅子王の告発には続きがあった。

「相染さん。そして、日辻と弓削、僕もです」

「は？」

弓削が素《す》っ頓狂《とんきょう》な声を上げる。日辻の猫目が見開かれて丸い。

「ごめんなさい」

獅子王は深く上体を倒して、まずは己の落ち度を詫《わ》びた。

「どういう事ですか？　獅子王さん、私を無理に庇って泥をかぶらなくてもいいんですよ。お気持ちは嬉《うれ》しいですが、そんな余りに、荒唐無稽《こうとうむけい》な」

天堂が戸惑って本心をぼろぼろと零《こぼ》す。結論だけ聞けば滑稽《こっけい》な出任せに思うかもしれない。だからこそ、誰も疑わなかったのだ。

相染の顔色が、驚きから怒りに移り変わり始める。口元を戦慄《わなな》かせて、次に開けば罵《ば》詈《り》雑言が溢れ出すに違いない。

獅子王は制服の胸ポケットから学生証を取り出した。

「相染さんは九時にクラブに来て、飲み物を受け取ってサロンに入りました。約一時間半後、グラスを返却に来るまで鍵を手にしている姿が目撃されています」

グレンチェックの彼が頷《うなず》く。相染にも異論はないようだ。

獅子王は学生証を指に挟んだまま、サロンの扉の前に移動した。扉を背に立つと、皆の顔が一望出来た。猜疑心《さいぎしん》に駆られた顔が並んでいる。彼らの視線を一身に受けながら、獅子王はバーカウンターの回収口に向かった。

「空のグラスを返却したのが十時半過ぎ。約三十分後、こちらで先輩に会います」

「おれだな」

キャメル色のスーツの襟を正して、彼が拳《こぶし》で胸を叩《たた》く。

「弓削、日辻。来て」

「え？　うん」

二人が早足で回収口の前——エントランス側の戸口に集まる。

「弓削は先輩役。日辻はこっち」

外に出す訳にはいかなかったので、獅子王は日辻を扉の間際に立たせた。弓削がモデルと自分を見比べて、堂々と胸を張ってみせる。演技までは求めていなかったが、獅子王は彼の善意を尊重して適当な会話で再現する事にした。

「先輩、お久しぶりです」

「元気にしてたかー、相染」

「お陰様で」

「えーと、後……そうだ。握手握手」

弓削が右手を前に突き出す。獅子王は両手で握り返そうとしてから、持っていた学生証を手頃な台に置いた。

ちょうどすぐ傍、無意識にでも難なく手が届く高さ。

回収口の、引き戸を滑らせる木製の溝《レール》だ。

「まさか大事な鍵をそんな所に置く訳ない」

「では、記憶では最後に何処に置きましたか？」

「……っ」

相染が言葉を詰まらせる。

鍵を持っていては両手で握手は交わせない。意識して置いたのならば覚えている。相染が紛失を訴えたからには、彼に鍵を失った瞬間の記憶はない事になる。

他に気を取られて咄嗟《とっさ》に手放した。

伝統を重んじる学院で、運動部で世話になった先輩との再会は、意識が高まって集中するのに充分な状況と言えるだろう。

相染も徐々に心当たりを覚えたらしい。顔を紅潮させて右足で床を踏み付けた。バーカウンターで小さく鳴ったグラスの音が、怯《おび》えた妖精《ようせい》の羽音に聞こえた。

「私が鍵を置いたとして！　誰も盗《と》らなければ今でもそこにあるはずだ。君の話は鍵を盗まれた経緯であって、鍵を盗まれた事実を覆す論拠たりえない」

反論を捏《こ》ねる相染を横目に、弓削が俯《うつむ》く。柔らかな前髪が顔に影を落として、視線が泳ぎ始めた。

「あのさ、獅子王。嫌なトコに気付いちゃったんだけど」

「うん」

「犯人は相染とオレ達って」

「そうだ」

「それって事は、ここに置いた鍵をオレ達が盗ったって言うつもり？」

「厳密には違うが」

獅子王が大筋を肯定すると、弓削は両手を彼自身の頬に当てた。

「何でだよ。盗ってないじゃん。寮監は無実だと思うけど、オレ達が罪をかぶっても解決にはならないよ」

「幸希の考えは短絡的だと思うけど、解決しないってところは俺も同意だ」

日辻が近付いて来ようとする。

獅子王は手の平を彼の方へ向けて立ち止まらせた。

「動かないで」

「？」

日辻の足が逡巡《しゅんじゅん》と共に床に留《とど》まる。獅子王はゆっくりと腕を下ろした。

「サロンの床は絨毯《じゅうたん》が敷かれているが、バーとエントランスは板張りだから」

説明には好都合だった。

「日辻。クラブに来た時の事を覚えている？」

「受付をして、帽子を預けて」

「そこ」

本に栞《しおり》を挟むように、獅子王は日辻の話を差し止めた。

「寮長がバーの扉を開けているのに、僕と弓削は出遅れて無駄口を利いていた。日辻は声を荒らげず、僕達の注意を引いてくれた」

「そうだな」

「やってみて」

「何を」

「あの時の、もう一度」

「よく分からないけど……」

皆の意識が日辻に集中する。ピアノだけが無関心に優しい曲を奏で続ける。

日辻は長い足を僅《わず》かに動かして、踵《かかと》を床に打ち付けた。

コツコツ。

「あ……」

バーカウンターの内側から、回収口の引き戸が開かれる。溝を滑った戸は獅子王の学生証を弾《はじ》き飛ばして、床に落下させた。

　回収口の棚の奥で、管理人が訳知り顔をする。彼は獅子王と話した時にある程度、予想していたのではないだろうか。無粋な一言を発する事もなく、誰もいない回収口の引き戸を速やかに閉める。

　獅子王は彼の協力に密《ひそ》かに感謝して話を継いだ。

「扉は細く開いていて、ピアノの演奏は短調の静かな調べでした。管理人さんの話によれば、幽霊がノックをしたかのような無人の回収口からは、キャメル色のスーツの背中が見えたそうです」

「おれか。相染と酒を取りに行く直前だな」

「はい。お二人と入れ違いでバーに入室した僕は、弓削に腕を摑《つか》まれて、勢いよく足を前に出しました」

　獅子王は言葉通り前へ踏み出して、爪先《つまさき》で学生証を蹴《け》り飛ばした。

　学生証が氷みたいに床を滑り、サロンへの扉にぶつかって静止する。獅子王は学生証の軌跡をなぞって泰然と皆の視界を横切った。

「言い訳ですが、僕は成長を見越して採寸より大きいサイズの靴を履いています。その為、裸足《はだし》に比べると爪先の感覚が鈍いのです」

獅子王は徐《おもむろ》にドアノブを摑むと、サロンの扉を広く開いた。

「！」

耳を欹《そばだ》てていたらしい。中腰になった大人が十余人、弧を描くように身を翻して目を逸《そ》らし、空惚《そらとぼ》けてみせる。

獅子王は無言で扉を閉めた。

学生証は扇形に行き来した扉に押されて、ピアノの陰に追い遣《や》られている。

そこは、天堂が控えて佇《たたず》んでいた場所だった。

詳しい話は大人同士で。

便利な常套句《じょうとうく》で線を引かれて、獅子王、日辻、弓削は帰り支度をさせられた。

支度と言っても帽子をかぶるだけだ。エントランスで手持ち無沙汰《ぶさた》に待つ事ものの五分、天堂と瀬尾がバーから出て来た時には、音楽もメンバーも穏やかなざわめきも、始まりと同じに巻き戻っていた。

「犯人はいなかった。被害はなく、事件は存在しなかった。以上だ」

瀬尾が短く告げて身支度を整える。

天堂が受付に挨拶《あいさつ》をすると、ドアノブに連結されたレバーが動いて、帰りの扉が開かれた。

空が高い。

長らく室内にいた所為《せい》か、呼吸の閊《つか》えが取れて無限に息を吸い込めそうだ。銀杏《いちょう》並木の黄色が鮮やかで、人の往来が世界と時間を認識させる。

「犯人も事件もなかったけど、ゼロにされるのは狐に化かされたみたいで何かなあ」

弓削が正直に毒突く。

事実確認を怠り、いるべきでないなどという理不尽な道理で他人に非を押し付けた事は、法で罪に問えないのだろうか。獅子王も不服に思いはするが、外に出て尚更《なおさら》、あの閉鎖空間の強固さを肌で感じてもいた。

通りですれ違う人々は、あの建物の中を一生知らずに過ごすだろう。

「がっかりしました」

日辻が敬語で言ったので、獅子王はすぐに自分達に当てられた落胆ではないと分かった。日辻の歩が次第に遅くなり、完全に止まる。その間際、彼はしなやかに地面を蹴り出して二人を追い越した。

「寮監」

呼び止められて、天堂が振り返る。

三叉路《さんさろ》の分岐は歩道が広く、エビフライにバネを付けたような遊具が落ち葉と戯れて、濃い影が陽光の眩《まぶ》しさを写し取った。

「申し訳ありませんでした」

「えっ、どうして日辻さんが」

天堂が慌てて踵を返した。

「靴音を立てた事ならいいんですよ。本当に、全然」

「いいえ。学院の卒業生は必ずしも完璧《かんぺき》な紳士ではありませんでした。個人的に落胆と悔しさを覚えますが、第一に寮監の受けた不当な扱いを、学院の生徒として詫《わ》びねばならないと思ったからです」

日辻が天堂と向かい合う様に、獅子王は目を奪われた。

伸びた背筋、引いた顎《あご》、目線は揺らがず前を向き、澄んだ高潔さを帯びる。

相染の語る偏見は許し難い。だが、獅子王は何処か他人事《ひとごと》の様にも思っていた。学院に対してさえ、塀を隔てた向こう側の出来事に感じる。

幼い頃から学院を知るが故だろうか。

獅子王には、学院の伝統を誇らしく掲げる大人よりも、後ろ暗さを抱く日辻こそが貴く正々堂々として見えた。

「日辻さん。私は気にしていません」

天堂が微笑む。彼は日辻に歩み寄り、肩に落ちた銀杏《いちょう》の葉を取った。葉柄を摘《つま》んで指先を擦《こす》り合わせると、黄色の葉がたおやかに回転する。

「私が学院の卒業生でないのは事実です。従兄《いとこ》の話を聞いていましたから学院に憧《あこが》れはあります。ですが、私自身の経験も無価値ではありません」

銀杏の葉がくるくると回る。

裏表、表裏。

「私は私自身を恥じる事はなく、貴方は学院を誇りに思う。両立する、どちらも事実です」

空から降る落ち葉が風に舞った。

「どうも私は話が下手で、伝わり難いですね」

天堂が眉《まゆ》を傾ける。日辻が髪が乱れるほど頭《かぶり》を振った。

「伝わります」

「よかったです」

「そうか、両方取っていいのか……」

顎に手を添えて独りごちた日辻は、目が覚めたような顔をしていた。

「次以降の班に今日の一件は話さないと約束してくださいました。君達も他言無用でお願いします」

「え……」

「次って、あの」

「公開処刑じゃなかったんですか？」

獅子王と日辻の疑念を、弓削が明快に言語化した。

「処刑？　何です？」

天堂が落ち葉を放して指先に付いた砂を払う。

「僕達三人が問題児だから、行き先が一般施設でないのかと。引率が寮付教師でないのも監視だと思いました」

「獅子王、少しは歯に衣《きぬ》着せろよ」

「すまん」

本心ではあまり悪いと思っていなかったので、獅子王は悪怯《わるび》れずに謝った。

瀬尾が口元に拳《こぶし》を当てて外方《そっぽ》を向く。

天堂はというと、困った顔をして身振り手振り言葉を重ねた。

「寮付教師の一人が急な発熱で休んだので、私が代わりに来たんです。慣れないので人数を減らして、瀬尾さんにも同行して頂きました」

「早く言ってよぉ」

弓削がエビフライの遊具に倒れ込む。獅子王は彼の頭から転がり落ちた帽子を宙で受け止めて、陽に当たって一際明るい後頭部に載せた。

「すみません、説明不足で。楽しめなかったですよね」

「いえ、いや……」

日辻も否定しきれない。

天堂は見るからに狼狽《うろた》えて、街並みに忙《せわ》しなく視線を転じてから、手を叩《たた》き合わせて声を華やがせた。

「帰る前にクレープを食べましょう。週末は坂道の角にワゴンが出るんです」

「寮監。食べ歩きは校則に違反します」

「そうでした。座れる所を探さなくてはなりません」

瀬尾に注意されて、天堂が使命を受けたかのように両の拳を固める。

三叉路の歩行者用信号機が青に変わる。右に行っても左に行っても構わない。

獅子王はまだ大きな靴で縁石を飛び越えた。

第二話　堅牢硝子境界線

問二

「手を上げろ。金目の物を出せ」

封鎖も脅迫も首尾よく運び、全員が指示に従いました。

しかし、犯人は何もせずに逃げてしまいました。

何故でしょう？

1

実家の犬と庭を走り回る夢を見た。

鐘係が起床時刻を知らせる前に目が覚めて、瞼《まぶた》を開けると眠気は断ち切られていた。

ネクタイを一度で綺麗《きれい》に結べた。

朝食のベーコンが二枚重なっていた。

「幸希、御機嫌だな」

日辻に言われて、弓削は満面に笑みを広げた。

「分かる？　今日のオレ、無敵かもしれない」

「今日だけ？」

獅子王が歯ブラシを洗って、濡《ぬ》れた口元にタオルを当てる。

弓削は頬を膨らませた。

「何だよ」

「毎日だったらいいと思って」

「！」

難癖を付けられたかと思いきや、永続的な幸せを願われていた。

「獅子王、好き」

「？　ありがとう」

弓削の調子に乗った軽口にも付き合ってくれる善人である。弓削は機嫌よく、タオルをランドリーバッグに放り込んだ。

「お先」

「まだ八時前だよ？」

日辻が驚くのは、弓削の自業自得ではある。が、支度が早いくらいで驚天動地みたいな顔をしないでもらいたい。

「郵便局に寄るから。親に見せる奨学生《バーサリー》の書類があるの」

「僕も行く。手紙を出したい」

「獅子王、一時間目は科学だけど大丈夫？」

「あ、そうか」

獅子王は入学して最初の学級会で科学係に選出されたところだった。授業の前に準備室へ行き、先生の手伝いをしなければならない。

「オレ、代わりに出してやろうか？」

「まだ切手を貼っていないんだ」

「いいよ。窓口で貼ってもらうだけだろ」

弓削が手の平を上向けて指で手招きすると、獅子王は洗面所を駆け出して、一分もしない内に息を切らせて戻ってきた。

「これ」

差し出されたのは簡素な封筒と小銭だ。一瞬だが宛先に獅子王何某《なにがし》の名が見えた。

弓削と日辻は学区圏内からの入学で、家も県内にある。多くの生徒がそうだ。ホームシックになっても帰ろうと思えば歩けない距離ではない。そう思えばこそ耐えられる夜もあった。

しかし、獅子王は越境生《ウォード》だ。越境生とは、学区外在住で受験資格のない者が、学院近郊に居住する身元保証人《ガーディアン》の許《もと》から志望する特別在学制度である。

地域の教育及び文化水準を上げる目的で創設された学院に、その対象とならない者が入学する事は元来の目的に反するという理由で、家庭と身元保証人の審査は一般生《コモン》の比ではないと聞く。入試の難易度も奨学生《バーサリー》に次ぐという噂だ。

(家族への手紙だ)

弓削は直感して封筒の宛名面を伏せた。

獅子王は強い。心が強い。彼が弱音を吐くところを弓削は見た覚えがなく、意志の固さを示す事はあっても感情的になる事は殆《ほとん》どなかった。

けれど、獅子王も弓削と同じ十三歳、家族と遠く離れて不安でないはずがない。

「普通郵便でいい？」

「うん」

頷《うなず》いた獅子王の短い髪は幼い子供みたいに癖がなく、素直な仕種《しぐさ》と相俟《あいま》って、弓削よりずっと歳下のように錯覚しかけた。

「分かった。ちゃんと出してくる。大船に乗ったつもりで科学係がんばれ」

「ありがとう」

「たかが手紙の投函《とうかん》と係の仕事で壮大過ぎない？」

白ける日辻に向かって、弓削は磨いたばかりの前歯を剝《む》いて見せた。

（一番綺麗な記念切手を貼って出してこよう）

ポケットにしまった手紙が使命感を帯びて、弓削の胸に根を張る感覚がした。


私立シードゥス学院では、全生徒と半数近くの教職員が校内の寮で日々の生活を送っている。中でも生徒は許可なしの外出が禁じられている為、広大な敷地には様々な施設が用意されていた。

他校でも聞く図書館や売店、食堂は言うに及ばず、劇場、博物館、スポーツジム、ライブハウスの他、書店や量販店、飲食店と外部に経営母体を持つ企業の支店も誘致されている。郵便局もそのひとつだ。

私立シードゥス学院支局と名付けられた校内郵便局は、消印に学院の校章が入る事で学内ツアーに参加した観光者にも人気が高い。売店でポストカードを購入して自宅宛てに送るらしい。

しかし、何と言っても感動に値するのは建物だった。

築百年を超す学院支局はクィーン・アン様式を用いられて、厳格さの中にも重厚感ある華やかさを併せ持つ。

校内唯一の金融機関でもあり、防犯態勢も強固だ。縦長の窓には黒い鉄格子が嵌《は》められ、出入口も双方が半身になって漸《ようや》くすれ違える程度の幅しかない。フロアの奥側三分の二を占める業務エリアは、二重ガラスと真鍮《しんちゅう》の支柱を備えた窓口で仕切られる。やり取りが出来るのは職員が座る五つの小さなアーチ窓だけだ。

業務エリアに六本立つ柱を見上げると、遥《はる》か上方で傘の様に開いて天井を支えている。床には灰色のタイルが敷き詰められて、真っ白な壁と共に陽光の入り難い室内を明るく感じさせた。

振り返り、扉の上に作り付けられた時計を見上げる。

午前八時五分。

授業前に用事を済ませたいと考える生徒は弓削一人ではないようだ。待合室の長椅子には制服の生徒と私服の教員が疎《まば》らに座り、記入台にも数人の姿が認められる。

（名前にふりがな振ったかな？）

弓削は書類の不備が気になって、空いた記入台で封筒を開けた。

奨学生報告レポートと冠されたそれは、弓削を始めとする奨学生《バーサリー》に課せられた報告義務である。

大雑把に喩《たと》えるなら生活指導欄だけの通知表だろうか。クラス担任の教師と寮監《ハウスマスター》が弓削の生活態度を記し、弓削自身も身の回りの事を書き込む。今月は掃除を頑張ったとか、テスト勉強に熱心に取り組んだとか、そんな具合だ。そして、最後に保護者が一言を書き加える。

奨学金で学費から生活費まで支援を受ける身だ。品行方正に過ごさせる為の監視目的だと弓削は思っていたが、同寮で奨学生の先輩から聞いたところ、生徒と家庭に不都合がない事を定期的に確認する、言わばカウンセリングらしい。

（やっぱり、書き忘れてた）

弓削は記入台のボールペンでふりがなを足して、封筒を糊付《のりづ》けした。

「オッケー」

こうして郵便窓口に提出すれば、切手代も学校持ちで実家に発送される仕組みだ。

弓削は備品の糊《のり》を定位置に戻して窓口へ向かおうとした。

だが、叶《かな》わなかった。

「全員動くな」

命令は、声を荒らげた訳でもないのに、不思議と局内の隅々まで響き渡った。

鬼に影を踏まれたように誰もが動作を中断して静止する。言葉を発する者はなく、緊張が空気を押し固めて、僅《わず》かな動きですら世界を崩壊させてしまいそうだ。

弓削は全身の筋肉を強張《こわば》らせて、眼球だけをじりじりと動かした。おそらく多くの者がそうしただろう。空気の塊に襞《ひだ》が生まれて、一方向に意識を寄せる。

高く掲げられた黒いホッケースティック。窓口の際《きわ》に仁王立ちして、大きく広げた手の平を二重ガラスに叩《たた》き付ける。

「手を上げろ。金目の物を出せ」

目的が告げられると同時に、出入口を守るアコーディオン状の鉄格子がひとりでに鎖《とざ》された。

2

寮長の任命に必要なものは明快である。

まず、他者の推薦。寮母《メイトロン》と寮監の発言力が強い寮もあれば、選出を寮生に一任する寮もあり、一概には言えないが、自薦が採用されない点は共通している。

次に、他者の了承。こちらは寮母と寮監、寮生、寮生の承認を得なくてはならない。参考意見として寮付教師《チューター》と用務員《ハウスメイド》にも印象を聞かれる。

最後に、自己の意志。誰が推薦しても、満場一致で賛同を得ても、本人が否と言えば話は白紙に戻る。

青寮長に選ばれた三年次の終わり、瀬尾も例外なくこれらの条件を満たした。

寮はそれぞれに異なった伝統を確立している。家庭ごとに独自の習慣を持つのと同じで、特に目に見えるところで語れば、運動に力を入れている、学業に重点を置いているといった特色があった。

それ故か、自然と寮長は毎年、同分野に長《た》けた人が選ばれやすい。ところが、前青寮長は誰からも好かれる明るい人で、瀬尾とは似ても似つかなかった。瀬尾自身、同級生から攻撃的な態度を取られる事もあったから、自分には人を纏《まと》める資質はないと思っていた。

　寮長になってみて驚いたのは、寮長の仕事量、そして、トラブルの多さだった。

　学院内では毎日のように問題が起きている。

　傍目《はため》からは大小様々でも、当人にとっては人生を左右する一大事だろう。青寮でも新学期早々、荷物を取り違えたり、部屋割りを変えて欲しいと談判に来たり、新入生が上級生と喧嘩《けんか》をしたりと問題は枚挙に暇《いとま》がない。が、大抵は当人同士で解決させるので、全件を知るのは寮内でも一部である。

(寮長が最高学年でないのは理に適《かな》っている)

　瀬尾は朝礼で返された試験用紙を折り畳んで、ファイルケースに挟んだ。

「浮かない顔だな、瀬尾。さては、試験の結果が芳しくなかったか」

　確信を持って決め付ける物言いに、瀬尾は確信を持って声の主を見上げた。

　最初に目に入ったのは紫色のネクタイ。奨学生《スカラー》が集う特別寮《ウイオラーケウス》の色だ。制服を完全な状態で着こなして、細く癖が付きやすそうな髪も毛先に至るまで手入れが行き届いている。彼が勝ち誇った表情をすると、派手な顔立ちと芝居がかった所作が輪をかけて彼を強者の如く輝かせた。

「早乙女《さおとめ》」

「どうだ、図星だろう」

「私が嘗《かつ》て浮かれた顔をした事があるか？」

瀬尾が尋ねると、早乙女は親指と人差し指の間に顎《あご》を載せて笑みを潜めた。

「ふむ。ないな」

「理解が早くて助かる」

瀬尾が数学理論の教科書とノートを手に椅子を引くのを、早乙女が見咎《みとが》める。

「何処へ行く」

「授業の教室だが」

「貴様、私が用もなく顔を見に寄ったとでも？」

今回は当てが外れたらしいが、早乙女なら、瀬尾が赤点を取ったと聞けば用がなくとも嗤《わら》いに来そうだ。しかし、正直に答えれば耳を赤くして怒るに違いない。

瀬尾は教科書とノートを机に置いた。

「用件は？」

「私にはない」

「ないのか」

「だが、用がある者を連れてきた」

早乙女が右腕を広げて教室の戸口を示す。その天女が羽衣を開くかのような優雅な動きに、瀬尾のみならず教室中の生徒がそちらに注目した。

戸口で小さな影が二つ、身を竦《すく》める。背が低く、体付きも華奢《きゃしゃ》で、四年生の教室では狼の群れに小型犬が紛れ込んだような心許《こころもと》なさを感じさせた。

一人は見ない顔だ。赤いネクタイを付けた制服は袖《そで》が余り、裾上《すそあ》げがされ、シャツの首周りが緩く、眼鏡だけが身体に合っている。

今一方は彼以上に小柄だ。短くした黒髪も幼子の様に素直な髪質だが、アーモンド形の眼は一端に真っ直ぐな気性と強い意志を宿して瀬尾を射貫《いぬ》いた。

「獅子王。どうしてここに？」

「寮長に急ぎの御相談があって、校内で迷っていたところを、早乙女先輩に案内して頂きました」

「そういう事だ」

早乙女が胸を反らして前髪をかき上げ、踊るように身を翻す。

「では、諸君。失礼」

「早乙女。青寮《うち》の寮生が世話になった。礼を言う」

「ありがとうございました」

瀬尾に続いて獅子王がお辞儀をする。早乙女は一瞬、真顔になってから、悠然と背を向けて立ち去った。

時計塔の鐘が鳴る。授業開始十五分前を知らせる予鈴だ。

「話があるのは……」

瀬尾が水を向けると、獅子王が首を振る。

「ぼくです。赤寮《ルーフス》二年の香野《かの》と申します」

赤ネクタイの彼が青い顔で名乗り出た。敬語を使い慣れていないのが発音の硬さに出ている。緊張もしているのだろう。黒目が瀬尾を見ようとしては他所《よそ》へ逸《そ》れる。

瀬尾は教室を出て二人を先導し、階段の踊り場まで移動した。

教室など生徒の生活の場は時代に応じて変化する。いつまでも座り難い椅子に座る事は強いられず、寮のベッドや学食の配膳《はいぜん》台もより快適な物に替えられていく。

だが、それ以外は創設当時から同じ場所に在り続けている。階段もそのひとつで、何万回と摑《つか》まれた石造りの手摺《てすり》は歳月を経て表面がすり減っていた。踊り場の壁に彫られた英雄のレリーフは、高い位置にあるにも拘《かかわ》らず鼻の部分だけ石が新しい。

「相談とは？」

瀬尾が促すと、英雄の足元で、香野が声を震わせた。

「ぼく、先生に言うのが怖くて……すみません。他寮の生徒なのに、すみません」

「獅子王は既に話を聞いたのか？」

「いいえ。香野先輩が教室に来て、青寮長に取り次いで欲しいと言われたので、一緒に来ました」

獅子王の返答は筋が通らない。

「何故、一学年下の獅子王に頼む？」

「それは……」

香野が言い澱《よど》む。代わりに、獅子王が平然と答えた。

「ぼくが以前、寮長会議に呼ばれたと知っていたからだそうです」

「す、すみません！」

ただでさえ青くなっていた香野の顔から血の気が引く。

寮長会議への生徒の召喚は、重大な問題が起きた場合に限られる。獅子王は一ヵ月前、濡《ぬ》れ衣《ぎぬ》を着せられて寮長会議から警察の事情聴取に送り出された。

この事は、恰《あたか》も獅子王が犯罪者であるかのように不名誉な噂を学院に広めてしまった。真犯人が逮捕されて獅子王の疑いは晴れたはずだが、まだ噂の方を信じる者がいるのだろうか。

瀬尾が目元に力を籠《こ》めると、香野が竦み上がって早口で弁解した。

「彼が無実だった事は分かっています。皆もそんな噂があった事すらもう忘れたみたいに話題にも上りません。ぼくが彼に頼んだのは、各寮長と面識がある奴なんてそういないし、疑われて大変な思いをした人だから、他人を同じ目に遭わせるような真似はしないと思ったんです」

部分的に気になるところはあれど、獅子王を信用しての人選なら異は唱えまい。瀬尾が眼光を弛《ゆる》めると、香野の頬に微《かす》かに血色が戻った。

「寮長、香野さん。ぼくは教室に戻っていいですか？」

「ありがとう」

「授業に遅れないように」

「はい」

獅子王が階段を下りて行く。話に首を突っ込みたがらないのだから人が善い。

瀬尾は香野の方に向き直った。香野が逃げるように目を伏せる。

「あの、郵便局で事件が起きるかもしれなくて」

「郵便局？」

聞き返す瀬尾の声を遮って、階段を駆け上がる足音が割り込んだ。驚いて後退《あとずさ》りする香野を壁に追い込むように詰め寄ったのは、獅子王だ。

「な、何」

「郵便局と聞こえました」

「言ったけど、君には関係ない話だから」

「あります」

獅子王が壁に右腕を突いて香野の逃げ道を塞《ふさ》ぐ。瀬尾は流石に見かねて彼の肩に手を置こうとした。

「友達が行っているんです。ぼくの代わりに」

真剣な声が冷えた踊り場に焦燥感を滲《にじ》ませる。

瀬尾は思わず上げかけた肘《ひじ》を下ろした。香野の怯《おび》えた目が瞳孔《どうこう》を絞った。

「ぼくは赤寮で監督生補助《セミプリフェクト》の二年代表をしています」

「寮監とは違う役職ですか？」

獅子王が肩越しに瀬尾を窺《うかが》う。

「監督生《プリフェクト》は各寮の五年生から一名ずつ選出される。シードゥス学院では生徒会のメンバーだ。監督生補助は二年生以上の生徒から選ばれて、連携して任に当たる。生徒会の決定を寮内で施行する実働チームと考えていい」

「監督生は寮長とも連携する。あの日も、ぼくは監督生の先輩に頼まれて寮長に会議の時間を伝えに行きました」

香野が獅子王に説明をしながら、瀬尾に事情を話し始めた。

「朝の七時過ぎです。まだ身支度をしている時間なのに、ノックしても返事がありませんでした。寮長は四年生で二人部屋ですが、同室の先輩が朝に弱い体質なのは知っていました。ぼくは、寮長も寝坊しているか、具合が悪いのかもしれないと思ってドアを開けました」

寮の部屋は鍵《かぎ》が掛からない。寮生であれば誰でも出入り出来る。

「先輩は不在でした。部屋は綺麗《きれい》に片付いていて、だからあれが目に付いたんです」

「明言し難い物なのですか？」

香野が濁した一点に、獅子王が容赦なく切り込む。香野は尚《なお》も言葉を選んだが、遂に避けきれないと悟った様子で視線を定めた。

「犯行予告です」

瀬尾は密《ひそ》やかに周囲へ警戒心を巡らせた。声は潜められていたが、万が一にも他の生徒に聞かせて良い単語ではなかった。

「内容は？」

「読みました、すみません。目が離せなくて」

「聞かせてもらいたい」

「雑誌か何かのページを切り抜いて、バラバラの文字を貼り合わせて文章が作られていました。『十月七日、学院内の郵便局にて貴重な品々を頂戴《ちょうだい》する』」

「今日だ」

獅子王が弾《はじ》かれたように顔を上げた。瀬尾は頷《うなず》き返した。

「その手紙を見たのは？」

「三日前です。寮長に訊《き》く勇気が持てないまま、当日になってしまいました」

「無理からぬ事だ」

　日頃近しく接する相手でも、犯罪の兆候を問い糺《ただ》すなど生半可の覚悟で実行には移せまい。瀬尾が許容すると、香野は緊張の糸が切れたように目から涙を零《こぼ》した。

「先生に話したら寮長はどうなってしまうのだろうと思うと言えなくて、でも、寮長も怖くて。お願いです。瀬尾先輩、寮長を説得してください」

「よく話してくれた。後はこちらで引き受けよう」

「ありがとうございます。よろしくお願いします。ありがとうございます。よろしくお願いします」

　香野は安堵《あんど》で顔をぐちゃぐちゃにすると、階段を数段下りるごとに頭を下げながら教室に戻って行った。

　一時間目が始まる前に当人と話をしなければならない。

　階段を上ろうとした瀬尾の袖《そで》が摑まれる。

　獅子王が、真剣な顔でこちらを見上げていた。

「赤寮の寮長は危険な人なのですか？」

　真摯《しんし》な瞳《ひとみ》が瀬尾だけを映す。耳当たりの良い慰めでは誤魔化されない顔だ。

「赤寮長、緋山彗《ひやまけい》」

瀬尾と同じく新年度から寮長になった彼は、二年次にフィールドホッケー部で頭角を現し、広く名を知られた生徒だ。高い身体能力でどの運動競技でも成果を残し、彼のお陰で大会入賞の悲願を遂げたクラブは少なくないが、反面、衝突も多い。

能力の高さ故か、気位が高く、扱い難いと言う者もいた。

不正に得た金で満足する人間には見えなかったが、飽くまで瀬尾の主観だ。客観的事実を語ると、緋山の能力は充分に高過ぎる。

「もし彼がその気になれば、大人が束になって掛かったとしても、容易に返り討ちにするだろう」

獅子王の指が固くなる。

（友人が行っているのだったか）

しかも、自分の代理となれば気が気ではあるまい。

瀬尾は彼の背を軽く叩《たた》いて、緋山の教室へと同行させた。

3

立て続けに、人が崩れ落ちる音がした。

背後から隙を突いて取り押さえようとした局員二人を、彼は難なく躱《かわ》して身を退ける。局員らは飛びかかった勢いで互いの額と顎《あご》を衝突させたかと思うと、もんどりを打って床に沈んでしまった。

「すまんが、構ってやる暇はない」

彼は緑色の郵便物回収袋を手に取ると、窓口で財布を出していた生徒に向かって放り投げる。高く放物線を描いた袋が、重量以上に生徒を蹌踉《よろけ》させた。

「緋山寮長……」

愕然《がくぜん》とした顔で呼びかけて、袋を抱える生徒のネクタイは赤色。ホッケースティックを担ぐ彼と同色である。

弓削は信じられない思いで目を見開いた。

型にはまった制服は生徒の外見を揃えて画一化させるが、彼の堂々とした佇《たたず》まいは、まるで特別な仕立てを身に着けているかのようだ。黒々とした瞳は眼光鋭く、鉤鼻《かぎばな》に近い鼻筋は高く通り、大きく開いた口から洞窟《どうくつ》に響くような声を発する。

　後輩の困惑を、緋山はすげなく突き放した。

「種口《たねぐち》。全員から貴重品を集めろ。郵便物も一通残らずだ」

「こんな事をしたら寮長が退学に」

「口答えするな。迅速にやれ」

　寮長という立場だけだろうか。緋山は絶対権力を振り翳《かざ》し慣れている。

　種口と呼ばれた後輩が逆らいきれず、郵便回収袋を持って待合室を廻《まわ》り始めた。

　ホッケースティックで危害を加えられない事は想像が付く。しかし、倒された局員二人が呻《うめ》く声は強烈で、皆を支配する重圧があった。

　種口が袋を持って近付くと、それぞれ自ら封筒や通帳、財布を預けていく。

　やがて、種口は弓削の許《もと》に辿《たど》り着いた。

「入れてください」

　目に涙を溜《た》めて、蚊の鳴くような声で頼む。

（何だ、これ？）

　弓削は報告レポートの封筒を袋に入れて、ポケットから小銭入れを取り出しながら思った。頭は明確《はっき》りとして、身体も動かせるのに、夢みたいな非現実を感じる。

（寮長？　瀬尾先輩ならオレ達に犯罪の片棒を担がせたりしない）

理知的で、大人びて、遠い存在に思える部分も多いが、瀬尾が青寮生を等閑に扱うところを弓削は見た事がない。

弓削が餃子《ぎょうざ》形の小銭入れを緑の袋に落とすと、ガサガサと封書を押し退けて底に至る音がする。誰かの大事な手紙を折ってしまったかもしれない。

「ごめんね」

種口が涙声で謝る。

（何だ、これ）

彼が記入台にいた二人から財布を回収し、郵便回収袋を窓口に置いた時だった。

「俺は全て入れろと言ったはずだ」

恫喝《どうかつ》が天井に谺《こだま》する。生徒も職員も金縛りにあったかのように身を硬くした。

「そこの、青寮一年」

緋山が目を眇《すが》めて弓削を睨《にら》む。青寮はネクタイの色から、学年は襟章を見たのだろう。目を凝らしたとしても恐るべき視力だ。

弓削は左手で右手首を握った。

「何ですか」

「隠しても無駄だ。ポケットの物を出せ」

「あっ」

弓削は脇を締めたが、肘《ひじ》の角から封筒の端が覗《のぞ》いている。

獅子王から預かった手紙だ。

「これは……駄目です」

端的に拒絶をした弓削に、緋山が眉《まゆ》を釣り上げ、目を剝《む》き、呼吸を荒々しくする。まさに鬼の形相としか言い表せない。

緋山が肩を怒らせる。

皆の怯《おび》える眼差《まなざ》しが弓削を苛《さいな》む。

弓削は両手を挙げて降参したい本能を抑えて、左手に力を入れた。

「渡さない、です。寮長でも、生徒の私物を取り上げる権限はないでしょ」

「権限を主張した覚えはない」

焚《た》き火《び》の熱風を至近距離で浴びるに等しい威圧感、弓削の内心は音を上げる寸前だ。右手首に爪が食い込んで、指の下で血管が不規則に脈打つ。

「権限なんかどうだっていいです」

「お前が言い出した事だが？」

「そうだけど、違くて」

弓削はうまく言葉にならなくて、忙《せわ》しなく視線を転じた。壁際に固まる生徒、手を拱《こまね》く職員、身構えて及び腰になる局員。弓削の心が最も痛くて悲鳴を上げるのは——

「その人、泣いてるじゃないか」

弓削は解いた指で種口を指し示した。

「寮長でも何でも、自分を慕ってくれる人に力で付け込んで、言う事聞かせて、嫌がる事させて、最低じゃん。宇宙一の馬鹿野郎じゃん」

「何だと？」

「オレはあなたを知らないし、好きじゃないし、最低野郎に従う意味が分からないんで、力尽くでも渡しません」

弓削には、緋山の与える恐怖より、獅子王の手紙の方が重要だ。弓削は両手をポケットの上に重ねて半身を引いた。

「お前……」

緋山が目頭に皺《しわ》を集めて弓削を睨《ね》め回す。だが、すぐ思い直したように首を振った。

「そんなはずはない」

「何が？　ですか？」

「ふん。いいだろう。つまらん作業だと思っていたが、興が乗った。そこまで言うなら分かりやすく悪者になってやる」

「現時点で既に最悪だけど」

「言ってくれる。では、これでどうか」

緋山は郵便回収袋を摑《つか》んで足元に落とす。そして、代わりに近くにいた局員の首根っこを鷲摑《わしづか》みにして引き寄せた。

「やっ、やめなさい」

「文句があるなら、青寮の一年坊主に」

局員は紙のように軽々と扱われ、緋山に拘束される。彼の頭にホッケースティックが添えられたかと思うと、緋山はグリップテープを巻いた持ち手を九十度回転させて、側面の角を顳顬《こめかみ》に押し当てた。

「ポケットから手紙を出して持って来い」

「嫌だ。けど」

「けど？」

緋山が不《ふ》遜《そん》に笑みを広げる。

弓削が逆らえば、無関係な局員が代わりに報復を受ける。

（獅子王に約束したのに。獅子王がオレに頼ってくれたのに）

逡巡《しゅんじゅん》した数秒すら、長過ぎる反抗だったというのか。

「遅い」

緋山が強靭《きょうじん》な筋力に任せて、ホッケースティックを振り上げた。

4

遠い海の波音の如く、寄り集まった人の声は言葉の輪郭を曖昧《あいまい》にする。

重なり合った会話が満ちては引き、時折ふと訪れる無音に単語の断片が取り残されて、鼓膜は再び潮騒《しおさい》に包まれた。

「緋山？　そう言えば今朝は見ないね」

教室の戸口で、緋山の同級生は教室を見回して答えた。

「目立つ奴だから来たら気付くと思う。寮長の仕事でもしているんだろう」

彼は瀬尾の隣に立つ獅子王に素早く視線を向けて、口の端に浮かびそうになった好奇心を頬で押し戻す。

「青と赤で何かあった？」

「一年生に寮間の境界を教える為、交換交流会を考えている」

「ああ、分かるまでは加減が難しいよね」

そう言う彼のネクタイは黄色。五寮の中では最も穏やかで、最も他寮と交流が少ない寮だから、揉《も》め事《ごと》とも縁遠く他人事《ひとごと》に感じるのだろう。

彼は無責任な興味をあっさり手放して、獅子王に優しく笑いかけた。

「慣れれば楽に暮らせるようになるよ。初めは堅苦しかったり、理不尽に思えたりする時もあるかもしれないけど、寮の壁は基本的に寮生を守ってくれるものだから」

獅子王が会釈で応《こた》える。

瀬尾は腕時計を確認した。一時間目が始まるまで十分を切っている。

「授業は？」

「フランス語。ぼくも移動しないと」

「助かった」

彼は気さくに手を掲げて戻っていく。見れば、教室にいる生徒も半数以下に減り、話し声も小雨より疎《まば》らだ。

「教室に寄らずに講義室に直行したのでしょうか」

獅子王の独白めいた呟《つぶや》きに願望が混じる。

「一日分の荷物を持って講義に出るのは非効率的だが、ないとは言い切れない」

緋山は意志が強い。瀬尾なら有用性を考慮して回避する事でも、緋山は目標を一点に定めたら、不用を薙《な》ぎ倒して強引に突き進む事が出来る。

「行ってみるか」

瀬尾は教室から出て来る生徒の流れに加わった。

「一年……あれ、瀬尾？」

獅子王が先に目に付いて、他クラスの瀬尾がいる事に気付いたらしい。赤いネクタイの生徒が二度、振り返って、三度目に声を掛けてきた。

瀬尾とは選択美術で一緒になった事がある、早村《はやむら》か逸村《いつむら》か、とにかく彼の面長の顔立ちに速そうな村のイメージが残っている。仮に早村としておこう。

「おはよう」

「おはようございます」

瀬尾と獅子王に挨拶《あいさつ》をされて、早村はまごつきながら返した。

「おはよう。授業始まるよ」

「緋山に用があって捜している」

「寮長の用事？　大変だね」

最小限で終わりかけた瀬尾と早村の会話に、獅子王は痺《しび》れを切らしたようだった。一年生にしては肝の据わった彼が焦った表情を見せるのを、瀬尾は初めて見た。

「今朝、緋山寮長に会いましたか？」

早村が勢いに圧《お》されて踵《かかと》を半分退《さ》げる。

「会ったというか、一方的に見たかな」

「いつもと変わったところはありましたか？　急いでいたとか、ごはんを食べなかったとか、様子が奇妙《おか》しかったとか」

「獅子王、矢継ぎ早に尋ね過ぎだ」

質問に指向性を持たせるべきではない。一歩間違えば誘導尋問となり、情報から公平さを失わせる。

獅子王が歯痒《はがゆ》そうに黙り込むと、急な無言を補うように早村が口を開いた。

「朝食は食べていた。カフェテリアでいつも通り、白飯を二杯並べてしっかりと」

「パスタの供給が追い付かなくて調理スタッフを泣かせた事もある」

「緋山対策でパスタの日も白飯が出るようになったんだよね」

早村がクスクス笑って、はたと瞼《まぶた》を押し上げた。

「そういえば、三年生にプリンをあげていた」

「緋山が？」

後輩に優しくない訳ではないが、個々の取り分は厳格に主張するのが緋山である。

席や白飯ならまだしも、一人ひとつのデザートを譲るとは彼の柄ではない。

因《ちな》みに瀬尾も、後輩に諍《いさか》いの種を与えるという理由で譲らないが。

早村が教科書と辞書ごと腕組みをする。

「赤寮の三年生に郵便局で奉仕活動をしている生徒がいて、校則違反の罰《ペナルティ》で仕分けの手伝いをさせられているのだけど、それを一日代わったみたいだ」

「罰の代理なら、プリンをもらうのは緋山寮長の方ではないのですか？」

「言われてみるとそうだね」

獅子王の指摘に、早村も首を傾げる。

「奉仕活動は放課後だろうか」

「いや、始業前だよ」

「！」

獅子王が弾《はじ》かれたように走り出す。

「え、ぼく、何かした？」

「授業が始まるからだ。早村も引き止めて悪かった。ありがとう」

瀬尾は杜撰《ずさん》なフォローをして、早足で獅子王を追いかけた。

身長差は瀬尾の味方に付かなかった。

足が速い。獅子王はあっという間に階段を下り、一歩で角を曲がって消える。瀬尾が四年生でなかったら、彼に追い付く事は不可能だっただろう。

瀬尾には地の利があった。行き先さえ分かっていれば最短距離を通れる。予想通り、校舎の正門から駆け出した獅子王を、瀬尾は時計塔の麓《ふもと》で待ち伏せして捕らえた。

獅子王が心底、驚いた顔で足を止めた。

「ワープ？」

「三年長く学院にいる。先回りするくらい造作もない」

瀬尾は獅子王を誘《いざな》って、時計塔から程近い小径《こみち》に入った。

「郵便局への近道だ」

「はい」

獅子王は瀬尾が二歩で跨《また》ぐ飛び石を三歩掛けて並走した。

「寮長、ありがとうございます」

「半年もすれば獅子王も覚えられる」

「道の事だけでなく。ぼくが一人で訪ねていたら、先輩達は何も話してくれなかったと思います」

「……そうだろうな」

寮長の肩書きは学院内の至る所で優遇される。

早村達の様に面識がなくとも、寮長を名乗れば大半の生徒は協力的になる。教師や職員も同様だ。責務の為と言えば、授業の欠席も門限の超過も目溢《めこぼ》しされる。生徒会との連携は後ろ盾となって時に瀬尾の発言力を強め、寮監との日々の食事は一般の生徒では知り得ない情報を彼に齎《もたら》した。

卒業後も、元寮長を名乗る事で恩恵を享受するのだろう。

年度終わりの夏休み前は、瀬尾も一生徒に過ぎなかったにも拘《かかわ》らず。何も変わっていない。瀬尾にとっては地続きの自分でしかないが、周りは最早《もはや》、彼を青寮長として特別な生徒の様に認識するのだ。

ならば、信頼に足る寮長を全《まっと》うするのが彼らの使命である。

「緋山は違ったのだろうか」

溢《あふ》れた瀬尾の独白に、獅子王が歩を弛《ゆる》めたのが分かる。瀬尾は無意識に走る速度を落としていた。

「彼の中には彼を駆り立てる何か、火種の様な物があったのだろうか。寮長に任じられた責務では御しきれないような何かが」

「ぼくは、疑問を覚えます」

柘榴《ざくろ》の木の影を踏んで、獅子王が立ち止まった。

赤く固い実が枝を撓《しな》らせて、尖《とが》った上枝《ほつえ》があどけない頬を掠《かす》める。庭師に収穫されなかった小さな実がその身を弾き、発露した無数の果肉が不規則に粒を付ける。半透明の赤い果肉の核に潜む種が、濁った膜の下から虎視眈々《こしたんたん》と外界を窺《うかが》った。

「疑問とは？」

「緋山寮長の行動には奇妙な点があります」

獅子王が深い思索の淵《ふち》から真摯《しんし》な視線を擡《もた》げた。

回答二

☆　☆　☆

皮膚がひりついて、灼《や》かれるような錯覚がした。

自意識を守る外皮が熱風に晒《さら》され、爛《ただ》れ落ちそうになる。尻尾《しっぽ》を巻いて服従すればどれほど楽になれるだろうか。

弓削が膝《ひざ》を突きたい衝動に抗《あらが》えたのは使命感の支えがあればこそ。人が危機に瀕《ひん》する様を目前にして、弓削の善意は途轍《とてつ》もない偽善へと変貌《へんぼう》した。

「遅い」

ホッケースティックが振り下ろされる。弓削は身を挺《てい》しても止めなければならないと思った。が、二重ガラスに遮られて盾にすらなれない。

鼓膜を貫く音がして、弓削の心臓が竦《すく》み上がった。

右目で恐るおそる見た緋山の腕は、まだ彼の頭上にあった。

音は続いている。金属と金属が噛《か》み合い、擦れ合い、軋《きし》んで止まる。

出入口を鎖《とざ》したアコーディオン状の鉄格子が折りたたまれて、長身の生徒が局内に泰然と歩を進めた。

見る者を威圧せず、だが、冬の湧き水の様な清廉さが近寄り難く他を退かせる。大人びた面差しは感情の雑音《ノイズ》に濁らされず、身に纏《まと》う制服は彼の為に考案されたかのように、四肢の動きに随従して彼の存在から一切の無駄を削《そ》ぎ落とした。

静穏の化身の如き佇《たたず》まいにあって、ネクタイの青が鮮烈な印象を与える。

「寮長……と獅子王？」

瀬尾の陰から顔を覗《のぞ》かせた獅子王の姿に、弓削は百年振りの故郷を感じた。

「ホッケースティックを放せ、緋山」

「瀬尾。貴様は状況を見て物を言えないのか」

「こちら側の全員を警備員に保護してもらう。それでどうか？」

瀬尾の提案は、弓削には奇怪に聞こえた。郵便局を占拠して金品を要求し、暴力で脅している犯人が、人質の半分を解放しろと進言されて首を縦に振る道理がない。

しかし、緋山は待合室側で立ち尽くす生徒を端から一人ずつ見据え、最後に後輩の種口を睨《にら》むと、嘆息と共にホッケースティックを下ろした。

床に当たったグリップが軽い音を立てた。

「そこの一年は残せ」

「オレ？　なんで、ですか」

弓削は意表を突かれて頭の天辺から疑問を発してしまった。

「分かった」

瀬尾がガラス戸に向かって手を掲げてみせる。すると、三人の警備員が駆け付けて、待合室の人々を外へ誘導し始めた。

皆が外に出るまで五分と掛からなかった。

局員は未《いま》だ緊迫を崩せず固唾《かたず》を呑《の》む。獅子王が小走りに駆け寄って弓削の二の腕に手を添える。途端に弓削の膝が笑い出し、待合室の椅子にへたり込んだ。

獅子王が弓削の隣に腰かける。

その傍を通り過ぎて、瀬尾が緋山と対峙《たいじ》した。

「緋山。幼稚な真似は終わりにしよう」

「幼稚と言ったか？　お前は何も分かっていない。俺の買い被《かぶ》りだったようだ」

「どうだろうか。私に分かるのは、緋山の目的が強盗ではない事くらいだが」

瞬間、局内の気配が移ろった。誰もが猜疑《さいぎ》と狼狽《ろうばい》を混ぜ合わせた顔をしている。

緋山が奥歯を嚙み、声に悔しさを滲《にじ》ませた。

「今来たお前が何故そう言える」

「君が窓口の内側にいるからだ」

言い放った瀬尾と緋山の間を、二重ガラスが隔てている。

弓削は意味が理解出来なくて獅子王を窺った。

「どういう事？」

「金品が目当てだったら、内側にいる時点で強盗する必要がない。局員の注意を逸《そ》らして懐に入れるか、脅すにしても密《ひそ》かにナイフでも突き付ければいい」

「怖」

弓削は思わず身を震わせたが、獅子王の話は理屈に合っている。

「客の郵便物とか通帳を集めてもたかが知れてるもんね」

「成程」

弓削の納得に、何故か獅子王が納得を返す。その理由は瀬尾の口から語られた。

「報酬と引き換えに仕分け当番を代わり、郵便局内に入り込む。私は警備部に連絡してマスターキーでの開錠を頼んだが、そちら側にいれば入口の封鎖も容易だ」

犯行時、アコーディオン式の鉄格子は自動で鎖された。緋山が窓口の内側にいたから弓削は別段、疑問に思わなかったが、改めて言われると、その為だけに内部に侵入したとも考え難い。

瀬尾が言葉の区切りで息を吐く。整然とした彼の話を、緋山は鼻で嗤《わら》った。

「中か外か、ガラス一枚の差が何だ。些《さ》細《さい》な事にこだわって大局を見失う器の小さい人間は大成しないぞ」

「君の性格ならそう言う気がしていた。人前で間違いを指摘されるのは屈辱だろう」

「侮辱には報復も辞さないが？」

「済まない。だが、君の正義は衆前で証明されるべきだ」

正義。

強盗とはかけ離れた言葉が静寂の宙に浮く。

「『十月七日、学院内の郵便局にて貴重な品々を頂戴《ちょうだい》する』」

「何故、お前がその文面を知っている」

「些《さ》細《さい》な事だ」

自身の前言で返されて、緋山が苛立《いらだ》たしげに口を噤《つぐ》む。

瀬尾がガラスの向こうを見渡して、耳に優しい響きで声を透《とお》した。

「君は予告状を受け取った。或《ある》いは偶然に入手した。そして、強盗を未然に防ぐ為、自分が先に強盗事件を起こした」

力業にも程がある。反射的に開いた弓削の口を、すかさず獅子王が押さえる。危うく声に出すところだった。弓削が固定された頭で黒目だけを緋山の方へ向けると、彼の無言こそが雄弁に瀬尾の推測を肯定していた。

「強盗が入って来なければよし。もし、既に客として紛れ込んでいた場合に備えて、貴重品を回収する。弓削が残されたのは回収を拒んで真犯人と疑われた為だ」

瀬尾が弓削を見ながら言う。先に獅子王が納得したのも、客から所持品を集めたと聞いて同じ結論に達したからだろう。

思い返すと、緋山はホッケースティックを振り上げはしたが、誰にも当てていない。負傷した局員二人は、気の毒だが自滅と言える。

緋山が瀬尾を睨んだが、声は疾《と》うに刺々《とげとげ》しさを失っていた。

「郵便局にいなかったお前がどうしてそこまで分かるんだ」

「君が寮長だから」

瀬尾の一言が晴れた日の湖を思い出させる。風浪も立たない澄み渡った水面《みなも》に青空が映る。視界が開けたような、清《さや》かな静穏が弓削の胸に広がった。

「寮長は――緋山は強盗などしない。君が無謀な行いに身を投じるとしたら、寮長として責務を果たす時だ」

弓削には共感出来ない。理解も不完全だ。おそらく獅子王もそうだろう。

緋山が顔の左面を歪《ゆが》めてみせる。

「お互い様だ」

瀬尾と緋山だけが同じ言語で話しているかのように、片時の苦笑を交わした。

寮長とは言え生徒である。

緋山の暴走は教師に報告されて、彼は一ヵ月の罰当番を命じられた。内容は勿論《もちろん》、郵便物の仕分けだ。

「最強の番犬」

弓削が感想を呟《つぶや》くと、日辻が持っていたノートで脳天を叩《たた》いた。

「二人とも授業に来ないから、何かあったのかなとは思ったけど」

「助かる」

獅子王が日辻のノートを受け取って、ベッドサイドの勉強机に座る。棚と一体型の狭い机だが、学習室で終わらなかった宿題、手紙に読書に手芸にと重宝されている。

弓削も欠席分のノートを写さなければならなかったので、獅子王の隣に身体を捩《ね》じ込むと、獅子王が隣接するベッドに移って椅子を空けてくれた。

同室の残る三人は風呂《ふろ》に行っているので、広々とした大部屋の小さな机に寄り集まる光景は、傍目《はため》には奇異に映るだろう。けれど、大きな声で出来る話ではない。

「予告状は悪戯《いたずら》だったのかな」

日辻が爪に鑢《やすり》を掛ける。

「もしくは、客に真犯人がいて、先を越されて諦《あきら》めたか」

「入る前に閉め出されてたかも」

「犯罪の兆候を見付けて防いでしまうのだから、すごい人だね、緋山寮長は」

　それを聞いて、獅子王がノートを書き写す手を鈍らせた。

「寮長というのは、そこまでして信頼に応《こた》えなければならないのだろうか」

「責任ある役職ではあるけれど」

「そうかなあ」

　弓削は筆箱を開いて消しゴムを摘《つま》んだ。丸くなった消しゴムが指先から逸《そ》れて椅子の下に転がる。弓削は上体を折り曲げ、捻《ひね》って、腕を伸ばした。

「寮長は『寮長だから』信頼されてるんじゃなくて、信頼されて『寮長』になったんだろ。明日《あした》からあなたが寮長です。はい、天地神明を賭《と》して皆を守ります。なんて、オレにはどう足掻《あが》いても無理」

「身命《しんみょう》を賭して」

「天地神明に誓って」

　日辻と獅子王が冷静に弓削の間違いを指摘する。

「言い間違え続けたら、十年後はこっちが正しくなってるかもしれないだろ」

　地続きの未来。

　積み重ねた信頼を彼らは実行し続けている。

「今はダウト」

「弓削、次のページ行っていい？」

「わー、待って。追いてかないで、獅子王様」

弓削が上調子に言って手を合わせると、獅子王が居心地悪そうに居住まいを正してノートをこちらに向ける。

「ありがと」

「僕も」

弓削は誤字に消しゴムを掛ける途中で上を向いた。

「手紙、出してくれてありがとう」

獅子王の感情は表に出難いが、弓削は彼が瀬尾と共に郵便局に駆け付けた経緯に思い至って胸が詰まった。予告状の日付を聞いて、誠実な獅子王が苦しまなかったはずがない。弓削は何と答えれば彼の心を軽く出来るのか。

「それくらい、いつでも言ってよ」

「理央！　オレの台詞《せりふ》」

日辻に先を越されて、弓削は頬を膨らませた。本音では代弁してもらえて助かったのだが、弓削は顔に出やすいからどうせばれているだろう。

第三話　キッチンの精霊

問三

誰もいない砂漠で花が落ちました。

「犯人は彼奴《あいつ》だ」

証言によって、真犯人を捕まえる事が出来ました。

あなたは見付けましたか？

1

寮のキッチンで精霊《ドワーフ》を見ると幸運に恵まれる。
新入生が先輩から聞かされる悪戯《いたずら》めいた噂の真相を知るには、自らキッチンに通ってみるのが一番だ。

六人部屋より気持ち狭いキッチンは、部屋の中央に島があるアイランド型だ。換気扇はあるがコンロはない。調理台にはシンクが二箇所に設置され、それぞれに水道水と浄水の蛇口が付いている。

壁側の外周は備え付けの棚に囲まれて、左面には電子レンジと電子ポットが、右面には食器洗い機とその上の小棚にピーラーなど安全な調理器具と共用の食器があり、正面には窓下に抽斗《ひきだし》も段もない簡素な棚があった。

実は、この簡素な棚こそがキッチンのメインである。

「あ！　行田さん、こんにちは」

挨拶《あいさつ》をする弓削の声が弾んだ。獅子王の愛想のない表情も心なしか明るい。

日辻も胸が躍るのを感じて頬が弛《ゆる》む。

「おう、おかえり」

ひとつに結った髪が背で跳ねて、三白眼が素っ気なく彼らを捉《とら》えた。

行田は青寮《カエルレウム》に用務員《ハウスメイド》として勤めている。背は低いが山の様な備品を軽々と抱えて運ぶので、廊下ですれ違うと段ボール箱が歩いているように見える事もあった。

「もう終わるから十秒待て」

手の平をこちらに向けて押し留《とど》める様は、日辻の母親が散歩を待ちきれない犬に対する態度と変わりない。が、現に弓削と獅子王は目に見えてそわそわしており、尻尾《しっぽ》があれば左右に振り回しているに違いなかった。

「いいぞ」

「やったあ、一番乗り」

行田の許可と入れ替わりで、弓削が窓辺の棚に飛び付いた。

「プレッツェル初めて見た。チョコバーっていちご味あったの？」

「葡萄《ぶどう》が茎ごと……バナナも房で」

目を輝かせる弓削と獅子王の姿は、知らぬ者が見たら学院が生徒に満足な食事を与えていないと誤解するのではないだろうか。

断じて否、学院では充分な量の食事が三食提供される。主食ばかりか、デザートのケーキなど記念樹の石碑より大きなサイズで焼かれて、好きな幅で切り分けられた。

しかし、寮のキッチンとなるとそうもいかない。

調理専門の職員が提供《サーヴ》に控える学食と違って、寮のキッチンを管理するのは行田ただ一人。彼は寮の設備に関する一切を取り仕切る責任者で、外注の業者と協力して清掃や洗濯、点検に修理まで万能にカバーする。

様々な仕事が毎日、定刻通りに進むはずもなく、行田が軽食を仕入れて補充する時間は日毎に異なる。その為、補充されてから時間が経つほどキッチンには多くの寮生が出入りをして、遅れを取った者は残り物に福がある事を願うしかなかった。

故に、寮生の間では密《ひそ》かに囁《ささや》かれる。

寮のキッチンで精霊《ドワーフ》を見ると幸運に恵まれる。つまり、行田と軽食の補充だ。

「二人とも、加減しなよ。夕飯まで一時間もないんだから」

「理央。マフィンの味も選べるぞ。プレーンと紅茶とチョコチップ」

弓削が日辻の弱いところを突いてくる。

「……チョコチップで」

獅子王が無言でバナナを差し出したので、日辻は笑顔で丁重に辞退した。

「どうせこの時期はそこまで減らんだろ」

行田が空き箱を潰《つぶ》して担ぐ。

「何故ですか？」

「来週末に寮対抗戦がある」

　答えを聞いて、日辻はますます首を傾げた。

「スポーツ大会ですよね」

「そんなのあった？」

　弓削は存在すら知らなかったようだ。獅子王が皮剥《かわむ》きにリンゴをセットする。

「七種くらいの競技で総勝利数を集めるイベントだった気がする」

「一年生は補欠参加みたいなものだ」

　寮が職場とは言え、学院での生活は行田の方が遥《はる》かに長いだろう。日辻ら新入生は分からない事だらけだ。

「スポーツをしたらお腹が減るのではないですか？」

「練習練習で間食する暇はない。疲れ果てて飯も入らない奴が出てくる頃だ」

「うぇ」

　弓削がシリアルの小袋を握って、声とも音とも付かない悲鳴を絞り出した。

「気を付けろよ。一年の補欠参加は顔見せだ。来年以降、レギュラー入りしたいならアピールチャンス、微温《ぬる》くいきたいなら目立った活躍はしない方がいい」

「御忠告ありがとうございます」

日辻は礼を言ったが、獅子王は手を抜く事自体が苦手そうだし、弓削は夢中になって忘れそうだとも思った。

潰れた段ボールに身体が生えてキッチンを出ていく。

「優しい」

「親切」

「いい人」

声を揃えた三人の舌の根も乾かぬ内に、

「ガキども！　こんな所にまた落書きしやがって。俺は意地でも定時に帰るからな」

まだ人気《ひとけ》の少ない廊下を震わせて、行田の咆哮《ほうこう》が響き渡った。

2

キッチンに補充された軽食が時を置かずして消失する理由は、生徒の空腹以外にもあった。寮の規則である。

寮の中で寮生が飲食可の部屋は居間《コモンルーム》のみ。

日辻達が手に入れた菓子を持って居間に移動すると、テレビを見ていた寮生が瞬時に目に留めてソファを立つ。キッチンに人が集まれば廊下を通る寮生も進路を変えて立ち寄るから、人気の菓子や果物はすぐになくなるだろう。

それも平時の話。

「本当だ。人が少ないね」

日辻は椅子を引きながら居間を見回した。

食事前、課外活動や選択授業もある時間帯ではあるが、いつもなら空席が目立たない程度に寮生がいる。キッチンに軽食が補充された直後は尚更《なおさら》、折りたたみの簡易椅子まで総動員されても奇妙《おか》しくないくらいだ。

今日は空気の読み合い譲り合いなしでテーブルが使える。

「小学校の運動会は好きだったけどなあ。いただきまーす」

弓削がシリアルバーの袋を無造作に開けた。獅子王がバナナの軸を折る。

「対抗戦の競技って……」

「バスケ、バレー、フィールドホッケー、クリケット、ラグビー」

学院ではテニスやゴルフ、クロスカントリー、乗馬に格闘技も習う事が出来るが、日辻が父から聞いた話によると、秋の寮対抗戦は団体競技がメインのはずだ。

「獅子王、球技は苦手って前に言ってたね」

「だから戦力になれないと思う」

「運動神経いいのに。ああ、団体競技は好きじゃない？」

　弓削の物言いは率直過ぎるきらいがあるが、確かに獅子王は体育の授業でも良い成績を出している。一方で、大人数で騒ぐ場で輪に加わるところは見かけない。

「好きでない訳ではないけど、やり方が分からない。個人競技を見て育ったから」

「見て？」

「実家が道場をしている」

「似合うー」

　これには日辻も賛同を示してしまった。獅子王の姿勢の良さや冬の早朝に似た雰囲気は、そこで培われたのだろう。

「弓削は出たい競技はある？」

「オレはバレー！　でも、背が低いから断られそう」

　弓削が不貞腐《ふてくさ》れた顔で慣れた諦《あきら》めを口にする。

「日辻は？」

「部に入るならテニスか乗馬だけど、団体競技ね……」

　学院には様々な行事があり、生徒に活躍の場が用意される。スポーツといえば緋山寮長が率いる赤寮《ルーフス》が優秀と名高いが、折角の機会だ、華々しく活躍してみたいという思いがなくはない。反面、行田の忠告も気になる。

日辻の心の天秤《てんびん》が不参加に傾きかけた時、

「嫌だ。ぼくは行かない」

甲高い声が居間を緊張させる。おそらく何度も主張をくり返した末である事が、荒らげた語調から感じ取れた。

「水島《みずしま》だ」

「どうしたんだろ」

弓削がシリアルを手に立ち上がる。獅子王も気安く近付いたのは、水島が一年生だからだ。日辻はテーブルのゴミを手早く纏《まと》めて二人に加わった。

「喧嘩《けんか》？　見付かったら寮監《ハウスマスター》と寮長呼び出しだぜぇ」

弓削が笑いながら茶々を入れると、水島は最初、縋《すが》るように振り返ったが、三人の姿を認めると突然、血相を変えて日辻の肩を鷲掴《わしづか》みにした。

「キッチンに行ったのか？」

日辻は答える代わりに食べかけのマフィンを掲げて見せた。水島がプードルに似た愛らしい癖っ毛を振り乱して顔面を青くする。

「何ともなかった？　弓削と獅子王も、大丈夫？」

「全然」

「行田さん、いい人だし」

「お菓子いっぱいあったし？」

三人で順繰り答えると、水島といた晴田《はるた》が足踏みした。

「菓子がなくなっちゃう」

「ぼくは行かない」

「もういいよ」

晴田が不機嫌に吐き捨てて居間を出ていく後ろ姿を、水島がもどかしそうに見送る。彼の悲しげな目に、日辻は弓削と顔を見合わせた。

「食事制限《ダイエット》？」

水島が首を振る。

「チョコバー食べる？」

水島は躊躇《ためら》いなく頷《うなず》いて、弓削から菓子の袋を受け取った。どうやら問題はキッチンそのものにあるらしい。

日辻は弓削、獅子王と視線を交わし、二人の期待に背を押される圧を感じて、致し方なく先陣を切った。

「寮監に相談に行くなら付き合うけど」

「行けない。こんな事、ぼくの正気が疑われる……」

弓削に今度は物理的に背中を突かれる。何でもない時は自ら飛び出す癖に得体の知れない場面では人を盾にするのだから、弓削の好奇心は都合よく出来ている。

日辻は損な役回りに内心で嘆息して、従姉妹《いとこ》の三歳児にするように笑顔を作った。

「ぼく達でよかったら、話聞こうか？」

「聞いて！」

語尾に重ね気味に答えた水島は、両目に涙を滲《にじ》ませていた。

☆

水島がそれを見たのは昨日、寮での自習時間が終わった後だという。

寮には七人の寮付教師《チューター》がいる。毎晩十九時から学習室で行われる自習時間に生徒の宿題や授業の予習、復習を見てくれる役職で、学院の教師との掛け持ちはない。

終了時刻は二十時四十五分だが、就寝の二十二時まで残って勉強を続ける事も可能だ。その日、水島は初めて居残りをした。期限が迫った課題の為だ。

寮付教師のお陰で課題の見通しが立った水島は、十五分程度で切り上げた。中途半端な時間だった事もあって、一緒に帰る生徒はいなかった。

学院に入る前、塾からの帰路なら親に迎えを頼んでいたところだが、寮内の学習室から個室までの道程に不安も寂しさもない。

学習室は三階、一年生の五人部屋はどちらも一階。

間の二階にはキッチンがあった。

勉強時に脳が消費するエネルギ量を正確に計測した人は過去いただろうか。難解な設問を解く時に脳が要するコストは、フットボール一試合分にも相当するというのは水島の言い分だ。先週から始まった三角法が頭を悩ませてより一層、草臥《くたび》れるといった件《くだ》りには日辻も同感だが。

真偽はともかく水島は空腹を覚えた。消灯までは余裕があり、居間も解放されている。菓子は食べ尽くされたとしても、小振りな果物か不人気の野菜は残っているかもしれない。水島は二階で階段から逸《そ》れてキッチンに進路を変えた。

廊下は静まりかえっていた。

二階には二年生と三年生の部屋がそれぞれ二室、一年生と同様に五人ずつが寝起きを共にしている。消灯前は風呂《ふろ》に行く者もいれば、居間で寛《くつろ》ぐ者、学習室に残る者もいるから、寝室が無人だとしても不思議はない。

しかし、行き先である居間も同じ階だ。

あまりの静けさに、水島は入学前に参列した祖母の葬式を思い出した。

兄弟が多く、友人付き合いも広かった彼女を慕って数えきれない人が集まったにも拘《かかわ》らず、牧師が聖書の一節を読み上げるまで草を走る風の音しか聞こえない静寂で、教会の雨樋《あまどい》が象《かたど》る怪物《ガーゴイル》が祖母の魂を掠《かす》め取りに来た悪魔に見えた。

　水島は寒気がして、足を速めた。キッチンで軽食を取り、居間に行けば人がいる。伏し目がちに自分の爪先《つまさき》を見ながら歩いて、水島はキッチンに辿《たど》り着いた。

　視線を感じた。

　他に言い表しようがない。床が大半を占める視界の外側から、何かが水島を見た。

　初め、それを人だと思わなかった理由は、後に思い返してみれば幾つか挙げられた。

　目線が合わない。――魚と目を合わせようとするとちぐはぐにずれるのは、目の幅や向きが異なるからだ。

　時間の短さ。――視界に入ったのはおそらく一瞬だった。しかし、その時の水島にはやけに長くも感じられた。

　目撃した場所。――水島はキッチンにいた。そして、それは窓の外にいた。

　消灯間近の夜深く、真っ暗で外の景色は殆《ほとん》ど見えない。水島は余り物の菓子を求めて窓辺の棚に近付いた。

　刹那《せつな》、窓の向こうを白い影が横切る。驚いて顔を上げた時、目が、合った。

　目線が合わないのは、顔が九十度回転していたからだ。宙に身体を横たえた状態で、落下していったのは間違いなく人らしき影。水島が目を疑う間に、下の方から重い物が地面に叩《たた》き付けられる音がした。

人が落ちた。

水島は腰が抜けて、その場に座り込んだ。思わず両手で口元を押さえたが、喉《のど》が嗄《か》れたように声が出ない。熱い吐息が手の平に当たる。腕に重力が絡み付いて、肘《ひじ》が徐々に下がる。右手の指先が皮膚の上から頸動脈《けいどうみゃく》に触れた時、水島は漸《ようや》く床を這《は》い、棚に摑《つか》まって身体を引き上げた。

菓子の籠《かご》を雑に避《よ》けて、棚に膝《ひざ》を突く。窓を開けると、湿気を含んだ風が質量を帯びて纏わり付く。

水島は窓枠を握り、上体だけを伸ばして下を覗《のぞ》いた。

キッチンの真下には風呂があり、曇りガラスが通す明かりが地面にも仄《ほの》かに届いている。だから、水島は見る事が出来た。

そこには何もなかった。

立ったまま夢でも見ていたかのようだった。

☆

消灯して布団に入ってからもう何十回目の寝返りだろうか。

少しずつ皺《しわ》を寄せるシーツと布団カバーは一回ごとに寝心地に違和感を生んで、そろそろ日辻を見限りそうだ。

無限の時間が過ぎた感覚がする。

キッチンで水島が見た、窓の外を落ちていった人。三階より高い所から落下した人間が無傷でいられる道理がない。だが、地上にいなかったのなら、無事に着地して走り去ったとしか考えられない。そんなことが出来るのは人間ではない。

水島は言った。きっと過去に飛び降りた寮生がいて、自分が死んでいる事に気付かず、何年も落ち続けているのだと。

日辻は彼の話に納得がいかなかった。

だから、消化不良で寝付けなくなっている。

枕から頭を擡《もた》げて周りに意識を向けると、皆の寝息が聞こえる。就寝時に静かな部屋は当たりだと別寮のクラスメイトが話していたが、今日は静けさが却《かえ》って日辻の神経を研ぎ澄まして眠りから引き離す。

日辻は寝返りを五往復も打ち、遂に掛け布団を押し退けて上体を起こした。

手洗いに行く。水筒《タンブラー》に水を足す。消灯後に部屋を出ても許される口実を頭に並べて、日辻は部屋履きに足を入れた。

音を立てないよう慎重にドアノブを回し、廊下に出る。全ての照明が寝静まった隙に差し込む月明かりが、寮を別世界に様変わりさせた。

静かで、明るく、冷たい。

日辻は手洗いに爪先《つまさき》を向けて、数歩も行かず足を止めた。

手洗いの向こう隣に階段がある。上れば、目の前はキッチンだ。頭で考えるのが先か、身体が動いて実際に見ているのか、はたまた夢の中にいるのだろうか。

気が付くと、日辻はキッチンの前に立っていた。

暗闇に雪玉ほどの洋燈《ランプ》が置いてある。水を飲みに来る寮生が怪我をしない為の最低限の灯りだ。軽食や調理器具も使用自体は可能だが、寮則で禁止されている。

日辻は水筒の蓋《ふた》を外して、浄水の蛇口から水を注ぎ入れた。

洋燈の弱い光より月の方が明るい。日辻は何となく窓を見られず、視線を伏せたまま蛇口を締めて水筒に蓋をした。指に水滴が付く。

窓が呼んでいる。

日辻を、こちらを見ろと、呼ぶ。

吸い寄せられる意識に反して、身体は頑《かたく》なにシンクから離れようとしない。筋肉が凝り固まったみたいに首が硬直する。

脳に近い所為《せい》だろうか。眼球が意識と身体の狭間《はざま》でぎこちなく軋《きし》んだ。

窓が、

呼ぶ。

（聞いてはいけない）

窓を、

見ろ。

（見てはいけない）

水滴が指から手の平に伝う。水の感覚が日辻を外界と結び付けて、身体が嘘の様に自然に振り返った。

明るい窓の外。寝静まった風景は時が止まったように平穏そのものだ。

引き潮みたいに緊張が解けて目が冴《さ》える。真夜中のキッチンは暗いだけで何の変哲もない、いつものキッチンだった。

日辻は詰まる息を吐き出した。明日の一時間目は数学だ。猛スピードで途中式を板書する先生だから、寝不足で気が散っては事である。早く部屋に戻らなければ。

キッチンを出た日辻の足が、前を向いた瞬間、反射的に強張《こわば》った。

廊下の角だ。階段と手洗いを隔てる柱の陰に人がいる。窓のない階段ホールは廊下からの月明かりも途切れて、姿の殆《ほとん》どは目視出来ない。暗闇に浮かぶ白目と荒い息遣いだけが、存在を強く認識させる。

「…………」

静寂ではない沈黙。

見開く双眸《そうぼう》は憎悪を滾《たぎ》らせて、沈鬱《ちんうつ》に日辻を捉《とら》えた。

「オノレ……」

「！」

嗄《しわが》れた声が恨みがましく怨嗟《えんさ》を唱える。

「憎イ……オノレ、明日ハ我ガ身ト、思イ知レ」

音が鼓膜から侵入して、脳で言葉の形を得ると、粘着質な泥の様に日辻の体内に滴り落ちる。目の表面がヒリヒリと痛んで、瞬《まばた》きをした一秒の間に、闇に浮かぶ白目は溶けてなくなった。

日辻は全速力で階段を駆け下り、自室のベッドに潜り込んだ。

3

ダリの絵『記憶の固執』を彷彿《ほうふつ》とさせる。

酸に溶かされた時計の様に、上級生達はカフェテリアの椅子とテーブルにしなだれかかり、グラス一杯の牛乳にも手を付けられないでいる。

弓削がバンズとタンドリーチキン、ミートソースを山と盛ったトレイを持って通りかかると、近くでジャージ姿の上級生が二人、青い顔で逃げるように席を立った。

「なんか、やばくない？」

カフェテリアの異様な雰囲気に弓削が首を竦《すく》める。

「対抗戦の練習というのは、それほど過酷なのだろうか」

獅子王が呟《つぶや》いた対抗戦という単語に反応して、背中合わせの席で上級生がテーブルから跳ね起きる。彼らは少ない食器を片付けて、そそくさと立ち去った。

「行田さんが大袈裟《おおげさ》に言ってるんだと思った。なあ、理央？」

「！　うん、そうだね」

上の空で聞いていた。日辻は取り繕って返事をすると、獅子王が目敏《めざと》く違和感を捉えて、短い前髪の下で眉《まゆ》を傾けた。

「日辻、寝不足？　遅くまで眠れなかったみたいだけど」

「大丈夫。少し怖い夢を見て、思い出してた」

「どんな？」

弓削がバンズにミートソースを挟んでスロッピージョーにする。

日辻は喉《のど》を緊張させた。

昨晩見たものを、二人に話してみようか。

獅子王は賢いから妙案を思い付くかもしれないし、弓削は一緒に怖がってくれて、日辻の心は軽くなるに違いない。だが、在学中の家《ホーム》である寮《ハウス》を、夜中、得体の知れない何かが徘徊《はいかい》していると知ったら、楽天的な弓削でも好《よ》い気持ちはしないだろう。断続的ではあったが睡眠を取り、明るい太陽の下で半日を過ごして、日辻の記憶と恐怖も大分薄れている。

「忘れた」

日辻はパンケーキを切り分けて笑ってみせた。

弓削はさして興味もなさそうに、前を向いてバンズに齧《かじ》り付く。押し出されたミートソースが反対側から押し出されて皿に落ちる。『だらしない《スロッピー》』の由来だ。

彼の正面に座る獅子王は米粒も摘《つま》める繊細な箸捌《はしさば》きで器用にムニエルの骨を取る。日辻がパンケーキに溶かしバターとメープルシロップを掛けていると、正面の空席にクラスメイトが滑り込んだ。

「ここ座っていい？」

「どうぞ」

日辻は答えたが、学食では上級生が好んで座る席以外は、同じ寮で固まる不文律がある。他寮に仲の良い友人がいればその限りではないが、彼は特筆して親しいクラスメイトでもなかった。不思議に思って見れば、トレイにはフォークしか載っていない。

三人が様子を窺《うかが》うと、彼は隣の獅子王に身を寄せて、鼻先を配膳《はいぜん》台の方へ向けた。

「おい、緑寮《ゥイリディス》。グラウンド開放前の練習は禁止だぞ」

肩を怒らせて仁王立ちになっているのは赤寮長、緋《ひ》山《やま》彗《けい》だ。シャワーを使った後なのか、濡《ぬ》れた短髪がハリネズミの様に天を衝《つ》く。

彼の鋭い眼光に晒《さら》されても、詰め寄られた生徒は愛想よく笑い返した。

「おや？　変だね。赤寮は開放時刻前のグラウンドに何をしにきたのかな」

笑顔も然《さ》る事ながら、襟足に清潔感のあるマッシュウルフが印象を柔らかくする。無造作に見えて、校内のヘアサロンではカタログにない髪型だから、外出日にカットに行っているのだろう。制服の着こなしは自然で、けれど、端々から覗《のぞ》くカフスや襟ピンにこだわりが感じられた。

緋山ほど目立つ存在ではないから、日辻もそうと知って顔を見るのは初めてになる。寮の名で呼ばれる者は各寮に一人しかいない。

緑寮長、久坂和人《くさかなぎと》。穏やかに弛《ゆる》めた瞼《まぶた》は微笑んでいるようでもあったが、緋山の怒気の前では、寧《むし》ろその平常心が不気味にすら感じられた。

「問題を摺《す》り替えるな。ルール違反は当日の減点に繋《つな》がるぞ」

「緑寮《うち》の子達は普段から朝のランニングを欠かさない。グラウンドの使用時間は定められているけれど、起床時刻後に校内を歩くのは元々許可されている。こんな時期にだけ目くじらを立てるなんて、自信のなさの表れかな？」

「どっちが！」

緋山が傍のテーブルに手の平を叩《たた》き付ける。

それでも久坂は平然として微笑みを絶やさない。否、目の奥は、笑っていない。

周囲の生徒が白々しく目を逸《そ》らし、寮長二人を遠巻きにする。獅子王の隣でクラスメイトが殊更《ことさら》、顔を背けた。

「緑寮って」

「そう、うちの寮長。いつもは温厚な人なんだよ」

半べそをかくクラスメイトに、獅子王が爪楊枝《つまようじ》に刺したみたらし団子を差し出す。

クラスメイトが一口で団子を受け取り、泣きながら咀嚼《そしゃく》した。

昼食を境に、校内の空気は殺伐と様変わりした。

日辻が気付いたからだ。いつからこうなっていたのか、上級生はネクタイの色で判《はっ》然《き》りと行動を別にして、他寮の人間との接触を避けている。

教室に入る一歩の差で啀《いが》み合い、教師に過度な平等を求めて声を上げる。体育の授業は前哨戦《ぜんしょうせん》さながらに勝敗を競って、休み時間には中庭や小径《こみち》でトレーニングに励む。

校庭と体育館のコート、スポーツジムの器具は熾烈《しれつ》な奪い合いだ。

火曜と木曜の午後はクラブや研究室といった課外活動が行われるが、遂に学校側から寮対抗戦明けまでの休止が通達された。

取り残されたのは一年生である。どの寮でも一年生は――クラブで活躍する経験者とスポーツ奨学生を除いて――応援の役割しか与えられていない、蚊帳《かや》の外だ。他寮生と反目する意志は持てず、しかしながら上級生の敵対心を目の当たりにしては、今までのように親しく談笑するのも躊躇《ためら》われて、授業が終わると同じネクタイの色で寄り集まって帰寮するしかなかった。

「もしかして、オレらが思うより大事《おおごと》なのかな、対抗戦」

弓削が感電した猫みたいに身体を震え上がらせる。獅子王は冷静だ。

「とりあえず今年は関係ない。それより、僕は水島の話が気になる」

「見間違いだろ」

「かもしれない。けど、キッチンの上の部屋の先輩に聞いてみようと思う」

「やめとけよ。ただでさえ殺気立ってるのに」

「ただいま戻りました」

寮の玄関では誰もいなくとも挨拶《あいさつ》をして入る習慣がある。今日は寮監の天堂がモップを片手に出迎えてくれた。

「お帰りなさい」

「あ、寮監」

弓削がはしゃいだ声を出して靴を脱ぐ。獅子王が会釈をしてすれ違う。日辻も靴箱から部屋履きを取り、靴下で上がり框《がまち》を踏んだ。

「日辻さん」

天堂に呼ばれて、部屋に向かいかけた弓削と獅子王も振り返った。

「行田さんが君を呼んでいます」

何故。日辻の頭に浮かんだ疑問を見抜いて、天堂が耳元で声を潜める。

「昨晩の件で」

「え……」

日辻はぎくりとして、制服の上から拳《こぶし》で心臓を押さえた。

「君が夜中に寝室から抜け出すのを見ていたようです」

「見られたのはぼくだけですか？」

暗闇に佇《たたず》む恨みがましい白目がフラッシュバックして、日辻は慌てて聞き返したが、天堂は弱り顔で首を振る。

「報告を受けたのは日辻さんだけです」

「そんな」

「荷物は部屋に運んでおきます。これを持って二階に行ってください」

天堂が日辻の手から鞄《かばん》を受け取り、モップと交換した。

4

行田は一階で部屋を出る日辻を見たのだろうか。それならば、二階の人影を見ていなくとも不思議はない。

整合性の取れた理由を考えながら、日辻はモップを手に階段を上った。最後の段に足を掛けた時、膝《ひざ》が竦《すく》む感覚がして恐怖を自覚したが、午後の廊下は明るくて、階段の陰までよく見通せた。

二年生の寝室と、居間とキッチンが並ぶ廊下が行き合う曲がり角、階段ホールの壁際に小柄な背中が蹲《うずくま》っている。後頭部でひとつ縛りにした髪の尾が揺れて、目付きの悪い三白眼が振り向き様に日辻を射貫《いぬ》いた。

「来たな」

行田の声が怒気を含む。日辻はモップを握り締めて、早々に話を進めようとした。

「夜間出歩きの罰は掃除なのでしょうか？」

「間違えるなよ。俺が仕事で手抜きをする為の罰じゃあない。自分でした事の落とし前は自分で付けろって話だ」

「落とし前？」

行田が膝に手を突いて腰を上げる。彼の身体で隠れていた壁に、小人がいた。

棒人間の落書きだ。

巾木《はばき》の上端を道にして、片足を振り上げた棒人間である。黒い線だけのシンプルな絵だが、軽やかな足取りが伝わる絶妙な描画で、今にも鼻歌が聞こえてきそうだ。

「寮則にあるだろう。過失による損壊は申請により学院が修理費を負担するが、故意の破損は監督者の判断で修繕の一部または全てを当人が担う事とする」

「つまり、ぼくは落書きをした犯人と疑われているのですか？」

「疑いも何も、昨日の夜ここで目撃されてるんだから、言い逃れしようがないだろ」

「ここで……」

行田の何気ない反論が日辻の望みを打ち砕いた。

日辻が目撃されたのは二階。それも、他でもない怨嗟《えんさ》の白目と遭遇した場所だった。

やはり、あれが見えたのは日辻だけという事になる。

「スポンジと重曹。使い方は教えてやる」

日辻は茫然《ぼうぜん》として行田の右側にしゃがみ、用具を受け取った。

壁の落書きは鉛筆で描かれたようだ。人差し指で擦《こす》ると指先に炭色が移る。

「まずは消しゴムで消してみろ」

言われるまま、日辻は落書きに消しゴムを掛けた。棒人間の輪郭は消えて薄れたが、消しゴムが当たった全体が黒ずんでしまう。

「鉛筆ならすぐ消えると思ったか？　ノートの文字も完全には消えない。凹凸のある壁なんか尚更《なおさら》、こうやって薄汚れるんだ」

行田が説明しながら手の平で壁に付いた消し滓《かす》を払う。

「スプレーの重曹水を噴き付けて、スポンジで軽く擦る」

「……これくらいですか？」

「もう一噴き」

日辻は霧吹きを壁に向けて噴射して、馴染《なじ》ませるようにスポンジで押さえた。壁紙の目に沿って動かすと、汚れが更に薄く滲《にじ》む。

「布で拭《ふ》いて。消えるまでくり返す」

「はい」

「悪戯《いたずら》でも何でも、やる時は簡単で考えに上らないだろうが、後始末が大変だったり、思わぬところに影響が出たりするもんだ」

行田が床に置かれた霧吹きを取って上下に振る。少なくなった重曹水が立てる水音は空気を読まず、軽薄で暢気《のんき》だ。

「予《あらかじ》め、先々まで予測しろとは言わない。まあ、そんなのは大人でも無理だ。けど、ちょっとでも迷うなら一回くらい立ち止まっても手遅れにはならん。今回みたいに何日も連続でやるなら余計にな」

「何日も？」

言葉の端が気に掛かって、日辻は急速に現実に引き戻された。自分しか目撃されていない事がショックで、状況に抗《あらが》わず流されてしまっていた。

日辻の五感が主導権を取り戻す。湯気が立ち籠《こ》めたようだった意識が晴れて、視覚が行田の話と結び付いた。

「消した痕《あと》が」

壁に目を凝らすと、日辻が消した落書きから十センチほど右、溝に入り込んだ汚れが残っている。日辻は床に手と膝を突き、更に右へ右へと移動した。

昨日、日辻はキッチンで行田が吠《ほ》えるのを聞いた。

『こんな所にまた落書きしやがって』

また。

彼は確かにそう言っていた。

「行田さん、この落書きは前にも描かれたのですか？　いつ？」

「忘れたのか」

「知りません。ぼくは描いていないので」

日辻は訂正して、身の潔白を証明する方法を考えた。棒人間は筆跡鑑定の対象になるだろうか。確実なのは次の犯行まで猶予をもらって不在証明をする事だが、落書きが続くとは限らない。

日辻が頭を抱えて唸《うな》ると、何故か行田も映し鏡の様に唸り声を発した。

「本当の本当にやってないのか？」

「両親に誓って」

「お前、どうして先にそれを言わないんだ」

「雰囲気に流されて、言い出しそびれました」

身も蓋《ふた》もない白状をした日辻に、行田は唖然《あぜん》とした後、深刻な表情に変わり、固めた拳を自身の額にぶつけた。

「ダメだぞ。お前……それはダメだ」

「すみません」

「いや、こっちこそすまん」

行田が掃除用具を奪い取り、バケツに放り込む。彼は何度も溜息《ためいき》を吐いてから、態勢を立て直すように勢いを付けて上体を反らし、視線を上げた。

「月曜の朝に初めて棒人間を見付けて、今日で四日目だ」

「毎日、左に移動しているのでしょうか？」

「階段の正面から一歩ずつ。角まで着いたらキッチンの方に曲がるのか、寝室側に飛ぶのか分からんが、この歩幅だと一週間くらいで行き先が判明するだろうよ」

　行田は当たりを付けて、

「勿論《もちろん》、そこまで見守ってやるつもりはねえぞ」

　と誰へ宛てたとも知れない断りを入れた。

　青寮で何が起きているのだろう。あまりに奇妙で不可解だ。

　壁を歩く棒人間。

　怨嗟を向けて佇《たたず》む人影。

　窓の外を落下して消えた人。

「行田さん。青寮で屋上から飛び降りた寮生なんていませんよね」

「仮にいたとして、俺が話すと思うか？」

「という事は、いる？」

「大人相手に雑な鎌をかけるな」

　行田が呆《あき》れた顔で重曹水を落書き痕に噴き付けた。

「いねえよ。勤続八年、俺が知る限りは」

「行田さん……」

「何だ」

「二十歳くらいだと思っていました。全然年上なんですね」

「だーっ！　さっさと部屋に戻れ」

行田がスポンジを振りかぶる。実際に投げはしないと分かっていたが、日辻は駆け足禁止の寮則を破らない最高速度で退散した。

5

日辻が寮の彼方此方《あちこち》を捜し回ってようやっと見付けた時、弓削と獅子王は三階のバルコニーにいた。

青寮は上から見ると二階までが匚《はこ》の字型、三階から上がL字型をしている。上辺部分の屋根がバルコニーになっており、三階の外廊下から行く事が出来た。

三階にあるのは四年生の寝室と学習室だから、下級生は気軽に出入りし辛い。寮対抗戦の練習で二年生以上が不在でなければ、捜しもしなかっただろう。

「理央」

中庭側の柵《さく》に寄りかかって、弓削が外廊下の方に手を振る。

日辻は胸の高さの格子扉を開いて、バルコニーに出た。

「呼び出し終わり？」

「行田さんの誤解だった。そっちは？」

「獅子王がロダンしてる」

弓削の伝え方は巫山戯《ふざけ》て聞こえたが、当の獅子王は深刻な顔でベンチに腰かけ、思索に耽《ふけ》っていた。

「キッチンの上には学習室がある。四階から飛び降りたなら学習室にいた人も見たはずだ。地面に激突したのに、あの晩、救急車のサイレンは聞いていない」

「やっぱり幽霊だよ。学習室に残ってた人達は霊感がなくて見えなかったんだ」

弓削が超常現象に理屈を預けて議論を放り投げる。日辻は手摺《てすり》の際から中庭を挟んで正面の廊下を見遣《みや》った。

行儀良く整列する上げ下げ窓の向こうに学習室の扉が見える。一階下には居間とキッチンが並び、モップを担いで歩く行田の姿があった。掃除が終わったのだろう。

「行田さんが知る限り、青寮で亡くなった生徒はいないらしい」

「あの人、二十歳くらいだろ。最近の事しか分からないんじゃないの」

「勤続八年だって」

「え、アラサー？　見えない」

「な」

二階の廊下を通る一年生が彼らに気付いて屋上を見上げる。幸い、弓削が騒ぐ声が聞こえた訳ではなさそうだ。日辻が手を掲げると、向こうも手を挙げ返してキッチンに入っていった。

獅子王が腕組みをする。

「八年以上前に事故か事件があったとして、幽霊の目撃が相次いだら、学院も放っておかないと思う」

「除霊とか？」

「単純に、キッチンの窓を塞《ふさ》ぐとかしそう」

日辻の答えは獅子王の同意を得、弓削を悩ませる事になった。

「水島は見た。嘘を吐いてる風でもなかった」

「八年間で水島だけ」

「なくはないと思うけど」

弓削がバルコニーを迷走する。ステンレスの物干し台を潜り、一枚だけ干してあるシーツの裏側に回り込む。フックに収納された洗濯ロープを八つ当たりの様に叩《たた》いて、反対側の手摺に額で凭《もた》れかかると、一周して獅子王の右側に座った。

「幽霊と波長が合って、水島にだけ見えたのかも」

考え抜いてまで水島の話を信じようとする弓削は、日辻の友人の中でも一、二を争う善人だと思う。そして、彼と一、二を争う相手が神妙な表情で腕組みを解いた。

「水島が恐れる通り、死んだ事に気付かず飛び降り続けているなら、入学後一ヵ月以上経ってから遭遇した点に説明が付かない。この時期特有の現象なのだろうか」

「お盆でもお彼岸でもハロウィンでもなく？」

「命日？」

日辻が連想で口にした一言に、弓削と獅子王が頭を振り上げた。

「あのさ、あのさ、俺すごい怖い可能性、思い付いちゃったんだけど」

「僕が考えている事も、弓削と同じかな」

「どうする？　せーので言う？」

「…………」

弓削が狼狽《うろた》えて及び腰になるのを、獅子王が熟考の沈黙で保留する。日辻は二人の顔と、近頃のキッチンの異変を脳内で反芻《はんすう》して、行田の言葉を思い出した。

『どうせこの時期はそこまで減らんだろ』

今である事に意味があるとしたら。

「対抗戦で追い詰められて亡くなった」

「理央！　馬鹿、本人が聞いてたらどうするんだよ」

弓削が取り乱して日辻の腕を両手で叩く。聞かれて不敬な発言をした覚えはなかったが、彼らと共有した途端に埒《らち》もない憶測が現実に居場所を得て、重く日辻の身体にしなだれ掛かるのを感じた。

バルコニーに澱《よど》む暗澹《あんたん》たる空気とは裏腹に、秋晴れの空は広く高い。

そよ風が前髪を攫《さら》って、熱の籠《こも》った頭を冷ます。

「二宮《にのみや》さんに訊《き》く。寮母《メイトロン》なら知っているかもしれない」

獅子王が早速ベンチを立つと、弓削も当然という顔で立ち上がる。日辻とて、水島の憂いを取り除くに吝《やぶさ》かではない。

外廊下から室内に入る。外の明るさから急に絞られた光量に目が眩《くら》む。特に階段ホールは最上階にしか窓がなく、照明が点灯されるまで昼でもぼんやりと薄暗い。中階は折り返す階段が幅を利かせているので設計上の仕様なのだろう。

日辻は昨晩の白目が脳裏を過《よぎ》って、二階の踊り場で数秒、立ち竦《すく》んだ。

前を下りる獅子王が歩を留める。

「日辻」

「何でもない。大丈夫」

いつものように笑って階段を下りようとしたが、足が動かない。日辻は喉《のど》の渇きを覚えて、自身の呼吸が浅くなっている事に思い至った。

「理央！」

弓削に二の腕を摑《つか》まれて、日辻は引き攣《つ》る笑顔を腕で隠した。

「対抗戦ってそこまでムキにならなくてはいけないのかな。苦しい思いをして練習して、挙げ句の果てに死人を出して、怨念《おんねん》を生んで」

「まだそうと決まってはいない」

獅子王の理性的な物言いすら空虚な慰めにしか感じられなくて、日辻は自己嫌悪で頭《ず》蓋骨《がいこつ》の内側を掻《か》き毟《むし》りたくなった。

「違うんだ。オレも見た。昨日、この場所で」

「飛び降りる幽霊？」

弓削が焦って身構え、辺りを見回す。二階の階段ホールに窓はない。日辻は手洗いと階段を隔てる柱を指差した。

「恨みがましい目でこっちを睨《にら》んでいた。正確には覚えていないが、次はお前の番だ、みたいな事を言われた気がする。嗄《しわが》れて低く響く恐ろしい声だった」

「……ッ」

弓削が声にならない声を上げて日辻の背中に隠れる。

獅子王が柱の陰から日辻に視線を転じた。

「昨日のいつ？」

「零時くらいかな。その時、行田さんに見られて、落書き犯と間違われたんだ」

「さっきの呼び出し？」

弓削が背後から恐る恐る尋ねる。

「そう。最近毎日、そこの壁に歩く棒人間の落書きがされているらしい。ちょっとずつ前進していて、何の悪戯《いたずら》だか」

「それは奇妙《おか》しい」

獅子王が階段を上ってきて、詰め寄るように日辻を見上げた。

「行田さんは定時で帰る」

「あっ」

忘れていた習慣が矛盾を明るみに引き摺《す》り出す。

「誰が日辻を見て、報告した？」

バルコニーで白いシーツがはためく。強く吹き始めた風が西の空に厚い雲を運んで、嵐の訪れを予感させた。

☆　☆　☆

回答三

職員用の連絡掲示板に貼られていた匿名のメモ書き。

それが、日辻に濡《ぬ》れ衣《ぎぬ》を着せた犯人だ。

行田の話では今朝、寮中の窓を開けて換気をしている最中に見付けたという。落書きの掃除は自分の仕事、後始末も自分が請け負うと行田が寮母と寮監に申し出た事で、二人は彼が目撃者だと思い込んでしまった。

「お前らは顔を出すなよ。それと、これで貸し借りなしだ」

行田がばつの悪そうな顔で念を押す。彼は弓削と獅子王とも目を合わせて、頷《うなず》き返されるのを確認してから、泥落としのマットを抱えて部屋を出て行った。

「匿名じゃ捜せない」

弓削が左の頬を膨らませる。日辻はその丸みを人差し指で突いた。溜《た》めた空気が右の頬に移動した。

「そうでもない」

「何でよ」

「報告をした人物は、どうしてオレが夜中にキッチンへ行った事を知っている？」

「見たから」

弓削は答えておきながら、その意味に到達出来ないでいる。

獅子王が端的に答えた。

「日辻が会った幽霊だ」

「幽霊って、目が怖いアレ？」

「昨夜、二階の階段ホールには日辻と目が怖い幽霊がいた」

誰もいない砂漠で花が落ちる音がした。聞く者がいない音は存在しないと同じ。存在しない音が聞かれたならば、そこは誰もいない砂漠ではない。

「告げ口した証言者こそが幽霊だ」

獅子王の眉根《まゆね》が皺《しわ》を寄せる。

「幽霊ではなく、寮生の誰かだろうね。けど、これから待つのは別の人」

日辻は壁際に身を寄せて、外の物音に耳を欹《そばだ》てた。

居間とキッチンに向かう廊下と、二年生の寝室が並ぶ廊下が行き合う角、手洗いの対角に位置する。掃除道具やリネンが収納された用具庫である。

寮生も出入り可能だが、本来の用途外で居座るには職員の許可を得るべきだろう。幸か不幸か、行田は日辻を落書き犯と決め付けた事を気にしていたから、彼らの頼みを無下にはしなかった。元はと言えば、日辻が他に気を取られて罰を受け入れたが故の自業自得だが、蛇がいると分かって藪《やぶ》は突くまい。

程なくして金具の擦《こす》れる音がしたかと思うと、用具室の床が四角く切り取られた。

ぽっかりと空いた穴は折りたたみ式の階段を伴って階下に繋《つな》がる。弓削が穴を囲う手《て》摺《すり》に身を乗り出して下方を覗《のぞ》き込むと、上ってきた男に邪険に退けられた。

「どうだ、様子は」

訊きながら、行田が収納階段を引き上げた。

用具庫には二つの階段が備え付けられている。床と天井に収納された階段は、それぞれ一階の職員専用廊下と三階の外廊下に通じていた。

「こちらに動きはありません。下はどうでしたか？」

「まだ誰も帰って来ない。これなら廊下を通って来ても大丈夫だったな」

「念の為です」

そろそろ課外活動の時間が終わる。行田が用具庫に入るところを見られたら、犯人を警戒させてしまうのは分かりきっていた。

「さて、来るかね」

行田が用具庫の扉を薄く開けて、廊下を窺《うかが》う。日辻は深夜の張り込みも止むなしと腹を括《くく》ったが、意外にも、挽回《ばんかい》の機会はすぐに訪れた。

時折、廊下の奥から談笑する声が聞こえる。居間に屯《たむろ》する一年生だ。上級生が不在の間に羽を伸ばしているのだろう。青寮は上下関係に厳しくなかったが、それでも、下級生は気を遣うものだ。暮らしを快くする処世術である。

お陰で、廊下は見渡す限り無人だった。

陽光の明るさを除いて消灯後と変わりない。どころか、視界が利く分、深夜より確実に無人と分かる。時刻は四時過ぎ。あと三十分ほどで課外活動終了の鐘が鳴る。

日辻は張り詰めた呼吸を意識的に弛《ゆる》めた。いつ来るか分からない。昼かも、夜かもしれない。来ないかもしれない。気を張り続けては身が保《も》たない。

そう思った矢先だ。

行田の首に筋が立った。筋肉が緊張して、意識を前方に集中させている。

階段を上り、二階の手洗いに入って行ったのは二年生だ。微《かす》かな水音が聞こえて、手洗いの扉が開く。彼は寝室の方へ行きかけたが、不意に周囲を見回し始める。

彼は肩に掛けた鞄《かばん》を引き寄せて身体の前で抱えると、小走りで階段ホールまで引き返し、壁際でしゃがみ込んだ。

鞄を探って取り出したのは絵の具で汚れた鉛筆。

彼は壁に何かを書き入れると、満足げにそれを眺めた。

「おい、何してる」

「！」

二年生は咄嗟《とっさ》に逃げようとしたが、回り込む行田の方が速い。彼は二年生の手首を摑《つか》んで鉛筆を取り上げ、壁の下端を見下ろすと、用具室にも聞こえるほどに大きな溜《ため》息《いき》を吐いた。

「棒人間。落書きをしていたのはお前か」

「違います！」

二年生がこの期に及んで容疑を否認する。彼が後退《あとずさ》りをするのを、行田は拒まず手を離した。それが却《かえ》って二年生を我に返らせたのか、彼は観念したように項垂《うなだ》れた。

「この棒人間を描いたのは確かにぼくです。でも本当に、落書きをしていたのはぼくではありません」

「禅問答か？　分かるように話してくれ」

行田が首を捻《ひね》る。二年生は従順に白状した。

「ぼくも気付いたのは一週間くらい前です。壁の隅に倒れた棒人間が描かれていました。次の日には消えていて」

「倒れた棒人間……俺は見なかったが、寮監か寮長が消したのか？」

独りごちる行田の疑問に答えられる者はいない。

「次に見た時、棒人間は立ち上がり、何センチか前に進んでいました。また別の日も、等間隔ではなかったので、ぼくも飛び飛びで見逃していると思います」

「ふむ。これは何なんだ？」

「寮生代表です」

「は？」

「ごめんなさい」

凄《すご》んだ行田に、二年生が腕を上げて謝り倒す。行田も反射で睨《にら》んでしまったらしい。

「悪い。で？」

短く詫《わ》びて先を促した。

「対抗戦の練習がキツくて、ごはんはいつもみたいには喉《のど》を通らないし、おやつなんて食べたいと思う余裕もありません。一年生が暢気《のんき》にはしゃいでるのが羨《うらや》ましくて、妬《ねた》ましくて、キッチンで騒いでいる首根っこを摑まえて、お前たちも来年は同じ目に遭うんだからなって怒鳴り込んでやりたくなります」

「そりゃあ、逆恨みってもんだ」

「分かっています。ただ、少なからず皆が思う事です」

二年生の悲痛な本音を聞いて、日辻は息が止まりそうになった。

昨晩見た光景がフラッシュバックした。

あれも上級生の誰かだったとしたら。手洗いから出てきたところで深夜にキッチンから出て来る日辻を見て、恨みを吐き捨て、夜間の出歩きを匿名で報告した彼は全くただの人間ではないかと思うと、恐怖どころか同情の余地すらある。

「対抗戦が終わったら思う存分、食べられる。そう思って」

「棒人間はキッチンを目指していたのか」

行田が膝《ひざ》を打った。

「あと十日。少しずつキッチンに近付く『彼』に自分を重ねて、歩みを見られるのが楽しくて、元気をもらって。今日はまだ描かれていなかったから、ぼくが描いてもいいかなって魔が差してしまいました」

「成程な。トンチキな遊びを考えるもんだ」

「すみません」

二年生がますます下を向いて、殆《ほとん》どお辞儀みたいになる。

彼は犯人であって犯人ではない。棒人間と同じ、寮生代表、寮生という集合意識の一端だ。落書きを心の支えとしていた全員が共犯で、誰もが彼になり得た。

行田がちらりと用具庫を振り返って、大義そうに肩を下ろした。

「落書きは消すぞ」

「はい」

「他の奴らが見てからな」

「えっ……」

二年生が腰を曲げたまま顎《あご》を上げる。状況の理解が追いつかない彼に、行田は取り上げた鉛筆を握らせて歩を返した。

「俺は定時までしか働かないって決めてるんだ」

ぶっきらぼうに言って指で突《つつ》いた腕時計が、間もなく五時を刻もうとしていた。

日辻は人目を避けて用具庫を出ると、何食わぬ顔で廊下を横切った。

弓削と獅子王が後に続く。

「理央の言う通りだな。対抗戦って誰が得する行事なんだろう。皆が苦しんで我慢して、嫌がってるのに、やる意味ある？」

弓削がぼやく。日辻は賛同を先延ばしにした。

日辻が同じ発言をした時、獅子王が別の可能性を示したからだ。新たに描かれた棒人間を横目に数秒待ってみると、獅子王が先程より明快な口調で答えた。

「バルコニーに行こう」

階段の下方から、話し声が聞こえてくる。上級生が帰寮したらしい。獅子王は九十《つづ》九《ら》折《お》りの手摺の隙間から階下を覗くと、問いかけるようにこちらを見た。

弓削が意を決した顔で歩き出す。日辻も異論はない。

獅子王は確固たる足取りで階段を上り始めた。

「行田さんは用具庫から泥落としのマットを持って行った。玄関に敷いたのだとすると、彼の行動から一貫性が失われる」

「雨が降りそうだから敷いた」

「何も変なところはないと思うけど……」

弓削と日辻は揃って首を傾げた。対抗戦の練習で汚れた運動靴が雨に濡《ぬ》れれば、全員帰寮した後の三和土《たたき》は大惨事になるに違いない。行田の賢明な判断だ。

獅子王が三階に上り、外廊下に出る。彼は扉を押さえて後続にドアノブを引き継ぐと、数歩で止まってバルコニーを見遣《みや》った。

日辻は後ろ手に扉を閉めて、あ、と口を開けた。

雨雲犇《ひしめ》く曇天の下、バルコニーでシーツがはためいた。

「降ると分かっていたら取り込む」

「そう。では、どういう状況なら不自然でなくなるか」

獅子王がバルコニー側の格子扉を開く。弓削が顔を輝かせて声を高くした。

「干したのは行田さんじゃない」

まるで正解のベルの様に、バルコニーの向こうから金盥《かなだらい》が転がってきてワンワンと音を立てた。

「びっくりした。風強っよ」

「多分、例の夜も強く風が吹いていた」

獅子王がはためくシーツを見つめた。

「落ちてきた人影は横を向いていたという。宙に横たわった状態だ」

「言ってたね」

「こうも言った。『視線を感じて』『驚いて顔を上げると目が合った』。落下する人影がそんなに長く空中に留《とど》まるだろうか」

「ん？　気にしてなかったけど」

「改めて聞くと妙だね。立て続けに二人落ちた、とか」

「日辻の考え方は、僕の予想とかなり近い」

獅子王が目を瞑《つぶ》って手で擦《こす》る。向かい風で塵《ちり》が入ったらしい。彼は赤くなった涙目にもめげず、堪《こら》えるように視線をシーツに固定した。

「僕は、人影は窓の外を二度通ったのだと思う」

「飛び降りて、高速で上ってもう一回落ちる？　幽霊でも流石に無理でしょ」

「上がって落ちる事は出来る。ええと」

獅子王がポケットを探る目的が分かった気がする。日辻はティッシュペーパーを一枚捻って長い紙縒《こよ》りを作り、昼休みにチョコレートの包み紙で折って胸ポケットに入れたままになっていた犬の折り紙と一緒に獅子王に差し出した。

「使える？」

「すごく」

目が潤んでいる所為《せい》か、表情の読みにくい獅子王が珍しく喜びを露《あら》わにして見えた。

「犬の散歩？」

弓削が獅子王の手元を眺める。彼の表現は正しい。獅子王は犬の折り紙の首に紙縒りの先端を巻き付けて、反対端を指先で摘《つま》んだ。

「見て」

獅子王は紙縒りを弓削の顔の前に垂らすと、犬の折り紙を振り子状に動かした。犬が円弧を描いて高度を上げ、三十度ほどで折り返す。獅子王は折り返しの頂点で犬を静止させた。

「ここが窓。上に横切って、下に落ちる。これで二回」

「それじゃあ、ととと飛び降りじゃなくてくく首……」

「だから学習室では目撃されなかったんだね」

「そう。キッチンが頂点だった」

弓削の動揺を無視して真実の解明を優先した日辻と獅子王に、弓削がしゅんと萎《しお》れて大人しくなる。全容が詳《つまび》らかになれば動揺が根本から消えるので許されたい。日辻は弓削の肩甲骨を擦《さす》って宥《なだ》めた。

「三階の学習室からは吊《つ》れないから、四階の廊下の窓からだよね」

地上階の風呂《ふろ》、二階の居間とキッチン、三階の学習室は北に面している。四階の五年生の個室は反対、南に面している為、北側には窓が連なっていた。可、不可で語れば寮内の誰にでも可能になるが、

「それだと最初に下げる時に学習室の人に見られない？」

「僕達は三階までしか行かないから下の階を基準に考えがちだけど、階段ホールは最上階にだけ窓がある」

獅子王の言葉に、日辻は思わず外廊下の方角を振り仰いだ。

二階と三階は階段が幅を利かせていて窓がない。つまり、四階の窓から何かを吊り下げても目撃されないのだ。

「けど、地面に落ちる音がしたんだろ。二階の高さに、なな、何かを！　ぶら下げるんだったら、地面には届かない。紐《ひも》ごと落っことしたなら玄関の灯りで見えてる」

怯《おび》えてはいるが、弓削の疑問は尤《もっと》もだ。

獅子王は動じる事なく、犬の折り紙を垂直から四十五度の角度に持ち上げる。

「三角法。公式覚えた？」

「1対1対ルート2」

「えーと、隣辺の二乗たす対辺の二乗は、斜辺の二乗」

　採用されたのは日辻の答えだった。

「天井の高さが二メートル半、一階当たりを三メートルとして、階段の窓からキッチンの窓までの隣辺を六メートル、窓と窓の幅に当たる対辺が最も短くて四メートルだから、斜辺、要するに紐の長さは七・二メートル要る」

「三十六で、十六、五十二で、しちしち四十九、はっぱ六十四」

　概算でも指折り計算する弓削は偉い。日辻は獅子王の計算に全任して尋ねた。

「実際には振り子で紐が撓《たわ》むから八メートル弱？」

「うん」

「一階三メートルで計算するなら、四階の窓から地上まで九メートルは下らない。地面には届かなくないか？」

「地面には」

　獅子王がノートに赤線を引くように、日辻の言葉の一部を抜き出した。

「階段ホールの一階は玄関だ。玄関には廂《ひさし》がある」

「一階分の三メートルは引いていい！」

弓削が横から湧き出て回答を掻《か》っ攫《さら》う。

「一昨日《おととい》の夜も天気が悪かった。四階から吊り下げたそれは風に煽《あお》られて振り子状態になり、紐を予定以上の長さまで引っ張る。放物線を描いて廂に落ちた為、慌てて引き上げられた。廂の上は土埃《つちぼこり》や葉が積もっていてひどく汚れたからだ」

「天気まで、見てきたみたいに言う」

「曇り空だったと聞いたし、天気が悪くなければ吊られる事もない」

獅子王が風に逆らって外方《そっぽ》を向く。また目に塵が入ってしまう。日辻は心配して、疑問を覚えた。

彼は何故、風下に立つ日辻達から時々、顔を背けるのだろう。送られる視線の先では、シーツが緩やかにはためく。行田以外の誰かが干したと獅子王は言った。

（訊《き》いていいのだろうか）

日辻が逡巡《しゅんじゅん》した隙に弓削が尋ねる。

「吊った『それ』が何か、獅子王はもう分かってる？」

獅子王の答えは奇《く》しくも、日辻が抱く謎まで解き明かす事になった。

「シーツで作ったてるてる坊主——合っていますか？」

「誰に訊いて……」

　弓削が訝《いぶか》った瞬間、一際強い風が吹き抜けて、シーツの裾《すそ》が高く舞い上がった。

　シーツが目隠しになって、離れたベンチに座る寮生が見えていなかった。三年の潮《しお》美《み》と仙石《せんごく》が座面に足を上げて固まっている。

　彼らは暫《しば》し動けないでいたが、潮美が立ち上がって金盥《かなだらい》を拾うと、仙石も物干し台からシーツを外して手早く丸めた。

「そうだよ！　用具庫のシーツと洗濯ロープでてるてる坊主を作って、失敗した」

「泥々のてるてる坊主なんか吊っていたら、他寮に馬鹿にされるからね」

　日辻は彼らの話を聞いて、俄《にわ》かに混乱する思考に手綱を掛けた。

　雨天を厭《いと》う理由が解らない。

　各寮が対抗戦の練習場所を確保しようと熾烈《しれつ》な争いを繰り広げている。雨が降れば練習場所は更に減り、休息を取れる者もいるだろう。

　食事も喉《のど》を通らないほどに疲弊しきって。

　間食をする後輩を妬《ねた》んで。

　棒人間の落書きに思いを託してまで。

「先輩」

　日辻は導き出された結論に、半ば呆《あき》れて問いかけた。

「さては、対抗戦、物凄《ものすご》く楽しみにしていますね？」

仙石の苦笑いは、浮かれる本心を察知するには充分だった。

「練習はきついけどね」

潮見が平然と答える。

「当たり前だろ」


顛末《てんまつ》を伝え終えた途端、水島は床に崩れ落ちた。初めは脱力して魂が抜けたようだったが、次第に瞳《ひとみ》に光が戻り、遂には日辻にしがみ付いて泣き出した。

「よかった。よかったよぉ」

人目を憚《はばか》らず涙を零《こぼ》す彼に、居間にいた一年生がわらわらと寄ってくる。

「どうした?」

「水島がキッチンで精霊を見たんだって」

日辻が笑顔で答えると、その場にいた全員が競って廊下に駆け出した。

第四話　未だ見ぬ故郷

第四問

子供が大人に命令をしています。
大人は怒りもせず、言われた通りに動きました。
何の為でしょう？
(但し、不怒《おこらず》は本心とします)

1

十月二十一日。

週初めに一帯を直撃した台風は消し飛んで、寮対抗戦は見事な秋晴れに恵まれた。

「一年は応援じゃなかったの!?」

弓削が泣き言を断末魔にして、体育館の日陰に倒れ込む。獅子王は汗をタオルで押さえ、弾む呼吸を整えた。

「足りない人数を埋める行為も応援と呼びはする」

「騙《だま》された！」

オットセイの様に上体を反らした弓削の後頭部に、スパイクの流れ弾が直撃した。

寮対抗戦。

各寮でチームを編成して勝敗を競う当大会は、五種の団体競技によるトーナメント戦で構成されている。屋内ではバレーボール、バスケットボールの二種、屋外はフィールドホッケー、クリケット、ラグビーの三種だ。

それぞれの学院指定競技人数《スターティングメンバー》は、六、五、十一、十一、七の計四十人。

一寮の生徒数は、各学年十人で五学年。

上級生を五つの競技に振り分ける時点で余剰はない。

従って、怪我や戦略で交代する控え選手は、一年生十人で全競技を賄わなければならなかった。一年生の交代回数には上限を設けないという寛大な配慮付きである。

「ホッケーで代走した直後にバレーでミドルブロッカーは鬼だよ」

「日辻、大丈夫かな」

獅子王は水筒の蓋《ふた》を閉めて、激戦の続くコートを眺めた。

前衛の上級生に交じって、日辻がブロックに跳ぶ。獅子王、弓削両名と同様、日辻もバレーボールは授業で嗜《たしな》む程度だが、彼は一年生の中では身長が高い方だ。

上級生に合わせて跳ぶだけで壁になる。高さの利は最大限活《い》かされて、日辻がコートに立つ時間は選手の上級生と比べても遜色《そんしょく》ない長さに達していた。

「こらこら、青寮《カエルレウム》。新入生を酷使し過ぎよ？」

前衛の選手が顎《あご》に伝う汗を手の甲で拭《ぬぐ》って、ネット越しに日辻に笑いかける。

カフェテリアで赤寮長と口論をしている時でさえそうだった。

緑寮長、久坂である。長身揃いの寮生の中では頭ひとつ小さい。にも拘《かかわ》らず、獅子王は彼を見ると心臓が縮む感覚に襲われた。

　サーブを受けて対峙《たいじ》した時に感じた。一見、平凡で存在感が薄い部類の生徒だが、不思議と目が離せないでいる内に、自分が何を見ていたか脳が混乱する。傍目《はため》には穏やかに見えるから、本能的に警戒心が働くとしか言いようがない。

「親睦《しんぼく》を深める大会なんだから、勝敗にこだわり過ぎて下級生を潰《つぶ》さないようにね」

　日辻が彼に会釈を返すと、指先を前後させてひらひらと手を振る。

　青寮生がサーブ位置に向かうのを待つ間、中央の選手が緑色のビブスを直した。

「寮長、すみません。折角ボールを上げてもらったのに、ぼくが決められなくて」

「気にするなって。挽回《ばんかい》のチャンスはすぐ来る」

　久坂は朗らかに微笑んで、サーブが打ち込まれる間にのらりくらりとネット際に詰める。レシーブが上がり、中央の選手と左の選手が走り込む。

　日辻と上級生らが二手に分かれてブロックに備える。

「楽しくやろう――」

　久坂は丸い影の真下に立ち、緩やかに両腕を上げると、トスを上げる体勢から手首を返して、ボールを直接、青寮コートに落とした。

「――ねっ」

「はあ？」

　声を上げたブロックのみならず、挽回のチャンスと意気込んで走った味方すら虚を突かれて、喜ぶのが一瞬遅れる。

「久坂！」

「寮長、ナイスです！」

「滅《め》茶《ちゃ》苦茶こだわってるじゃないですか……」

前衛の青寮生が乱れた呼吸で肩を上げ下げしながら、呆れ顔を顰《しか》める。

久坂が不敵な笑みを浮かべた。

別種目の試合を控えた寮生による両陣営の応援が熱を帯びていく。

「理央、がんばれ。俺の出番を無くしてくれ」

弓削が手を合わせて託すのは、無責任な願いだ。そして古来、身勝手な願いは歪《ゆが》んだ形で叶《かな》えられると相場が決まっていた。

「お、瀬尾」

「寮長。お疲れ様です」

青寮陣営の後ろの一部が試合から気を逸《そ》らす。会場を巡回中らしい、ジャージに実行委員の腕章を着けた瀬尾が、アリーナを見渡して得点ボードに目を留めた。

「同点ですか」

「日辻と晴田が期待以上に機能している」

「話の意図を汲《く》むのに長《た》けた彼らです。連携指示にも的確に応《こた》えてくれるでしょう」

瀬尾が褒めるのを聞いて、何故か獅子王がこそばゆい気持ちになってしまった。

「獅子王、弓削」

「はい」

弓削の足取りは確《しっか》りしている。幾らか回復したようだ。獅子王も彼と共に瀬尾の許《もと》に駆け寄った。

「フィールドホッケーで応援を集めている。手が空いているなら来て欲しい」

「代走ですか？　玉拾いですか？」

訊《き》き返した弓削の顔面にはありありと不満が表れている。しかし、瀬尾は怒りも困りもせず一言、

「応援だ」

「？」

要領を得ない二人をそのまま体育館から連れ出した。

体育館の喧騒《けんそう》から離れると、学院は別世界の如き静穏に守られていた。

学院の施設は学業の校舎、寮や学食など生活に関わる建物、図書館と博物館を中心とする文化施設、運動用の設備と、用途ごとに集められている。但し、競技場に関しては広大な面積を要する為、敷地の奥まったエリアに分離されていた。

雑木林に木漏れ日が差し、ミセバヤが慎ましやかに花を付ける。レンガ道を歩く警

備員の踵《かかと》は等間隔に拍子を刻んで、山茶花《さざんか》の蕾《つぼみ》が目を覚ますのを待つようだ。

煉瓦《れんが》造りの旧校舎のアーチを潜って中庭に抜けると、花壇のブルーディジーに朝露の名残が光った。

「寮長。気になってたんですけど」

弓削が唐突に話しかける。瀬尾は歩を弛《ゆる》めず、視線だけを彼に向けた。

「郵便局の強盗は捕まりましたか？」

「目の前で見ていたはずだ」

「いえ、緋山先輩ではなくて、予告状を出した方の犯人です」

弓削が明け透けに個人名を出したので、獅子王は速やかに周囲を窺《うかが》った。流石に人目は憚《はばか》ったらしい。中庭に影を落とすのは彼ら三人の姿だけだ。

「生徒会長から進展は聞かされていない。特別寮《ウイオラーケウス》の演劇部の小道具という線が有力視されたが、仮に真実でも早乙女はつまらない意地を張って認めないだろう」

「寮長が個人感情で話すの、珍しいですね」

「いや……」

瀬尾が空咳《からせき》をして会話を仕切り直す。

「学院は広い。緋山が大袈裟《おおげさ》に立ち回って騒ぎになったが、あの程度のトラブルは日常的に起きている。だから」

「ぎゃ！」

耳に飛び込んできた悲鳴に、瀬尾が話を中断して進路を変えた。

薔薇《ばら》棚の日陰で生徒数人が慌てふためいている。

「青寮長です。何か問題でも？」

瀬尾が実行委員の腕章を見せると、生徒達は焦って自分の身体を盾に何かを隠そうとする。壁になる彼らを嘲笑《あざわら》うかのように、背後で頭上高く水柱が立った。

降り注ぐ雫《しずく》が瀬尾の頬に散った。

「すみません！」

「水飲み場で水を飲もうとしただけなんです。そうしたら、蛇口が取れてしまって」

生徒達は自分の髪が濡《ぬ》れるのを放って、瀬尾にタオルを差し出す。瀬尾は手の平で辞退して、水柱の麓《ふもと》を見た。

杯の様な形をした石造りの土台に蛇口が立てられ、真上に水が出るタイプの水道だ。水飲み専用という性質上、蛇口を全開にしても十五センチほどで水勢が失われる造りだが、今は鯨の潮に勝るとも劣らない勢いで天を衝《つ》いて、霞《かすみ》に虹《にじ》が掛かった。

「蛇口本体ごと外れているようです」

「すみません」

「壊すつもりはなかったんです」

取り乱して口々に謝る生徒を、瀬尾は一人ずつ見つめて、目線が合うのを待つ。

「備品の故障は誰の落ち度でもありません。学院が修繕するのみです」

「先輩……」

「迅速な発見と報告、感謝します」

瀬尾は生徒達に礼を伝えると、アーチの方に手を掲げて警備員を呼んだ。

「どうしました？」

「水道の故障です。管理部に連絡をお願いしても宜《よろ》しいでしょうか？」

「承知しました」

警備員が紺色の帽子を正して、手持ちの色テープを水道の周りに手際よく張る。

「君達も試合があるだろう。警備員さんにお任せして戻るといい」

「ありがとうございます」

「よろしくお願いします！」

生徒達が警備員にお辞儀をする。

「よくある事だ」

瀬尾が獅子王と弓削に言って、グラウンドへと移動を再開した。

肩越しに振り返ると、生徒達が髪を拭《ふ》くタオルの間から、見惚《みと》れるように瀬尾の後ろ姿を見送っていた。

2

フィールドホッケー場は陸上競技場と併用される、学院最大のグラウンドである。青々とした天然芝のコートの周りを、合成ゴムのタータンで整備されたトラックが一周し、開けた視界をより広々と感じさせる。夜間用の巨大な照明が四隅に佇《たたず》み、傾斜の付いた観客席が四辺を埋めて、共に選手を見守る態勢だ。

クラブの対外試合ともなれば両校の生徒で空席の消えるスタンドだが、寮対抗戦は五会場で試合が同時進行する。観戦者は試合を控えた他種目の選手のみで、それも自分の試合が近付けばウォーミングアップを始めなければならない。

しかし、疎《まば》らな観客席に反して、競技場内は異質な盛り上がりを見せていた。得点板の表示は第二クォーターを青寮リードで折り返したハーフタイム、メインスタンドに色とりどりの紙吹雪が舞う。

弦楽器の厳粛な調べはスピーカーを通り、演奏時の艶《つや》は失われているに違いなかったが、生きた喉《のど》を震わせる歌声は環境の不利をものともしなかった。

「果てしない隘路《あいろ》、遠い頂」

「その身に擦り寄る数々の悲運を、数多《あまた》の不幸を」

「この上、嘆く事があろうか」

吟遊詩人の低音に呼応して、貴族と法務官が主旋律《テーマ》を引き継ぐ。

「そうよ、耳を澄まして」

素朴な少女がおさげ髪を揺らして階段の上方に呼びかける。彼女が腕を伸ばす中腹の踊り場で、紫色のドレスが長い裾《すそ》を翻した。

「私はもう独りではない」

ファルセットとは思えない伸びやかな高音で歌い上げて、貴婦人はリネンの帽子を取り、観客席に投げた。

「あ、早乙女先輩だ」

弓削が指を差す。そこにいたのは正しく、特別寮長、早乙女英知《えいち》であった。

化粧映えする顔立ちは繊細に感情を表現して、憂いから喜びへと移り変わる過程に心を宿らせる。濡れた瞳《ひとみ》が陽光に輝き、長い睫毛《まつげ》が天を仰ぐ。

複数の生地を組み合わせてレースをあしらったドレスは歴史の教科書で見るより立体的で、巻き髪が自身の美しさを誇示するように嵩高《かさだか》に結い上げられている。

驚嘆すべきはそれら重装備を物ともしない体幹の強さだ。静も動も、全ての姿勢が絵画を切り抜いたように優雅である。

早乙女は天上からの恵みを拝受するかのように右腕を空へ差し出して、徐《おもむろ》に手の平を伏せると、その手をフィールドに翳《かざ》した。

瞬間、場内が水を打ったように静まり返る。

「特別寮の誇り高き同朋《どうぼう》よ。存分に持ち得る力を発揮せよ」

早乙女が高らかに檄《げき》を飛ばすと、ベンチの選手と観戦席が沸き立った。

「寮長！」

「ありがとうございます！」

「行くぞ、お前ら！」

「おう！」

歓声がうねりとなって地響きを起こす。

反対サイドの青寮観戦席は空気の塊に押し潰《つぶ》されたように萎縮《いしゅく》して、小雨並みの拍手も味方に送っているのか早乙女に送っているのか判然としない有様だった。

「応援の意味が解った」

「二人増えても焼け石に水な気がする」

獅子王と弓削が半眼を交わしていると、観戦席の一人が彼らを見咎《みとが》めた。

「貴様……っ」

おさげ髪の村娘がもったりとしたスカートの裾をたくし上げる。獅子王は自分の近くに知り合いでもいるのかと思ったが、真一文字に切り揃えた前髪と噛《か》み付くような眼差《まなざ》しに見覚えがあった。弓削も思い当たったらしい。

「角崎《つのざき》」

「先輩」

「青寮の一年」

彼が獅子王と弓削に詰め寄る。獅子王は小さく会釈をした。

「角崎先輩、歌上手《うま》いですね」

「そうだろう。何せ今回、二年で役をもらったのはボクだけだからな」

角崎が腰に手を当て、胸の編み上げリボンを反らす。しかし、すぐに刺々《とげとげ》しい剣幕で声を裏返らせた。

「違う！　こっちは特別寮の観戦席だ。帰れ」

「別に線で区切られてる訳じゃないじゃん」

弓削の気安い物言いは、正論ではあったが火に油を注ぐだけだった。

「ボク達は真剣に応援しているんだ。雑音が紛れたら気が散る」

「は？　雑音って何様だよ」

弓削まで喧嘩《けんか》腰《ごし》になってしまった。獅子王は困惑した。日辻がいてくれたら角を立てずに仲裁してくれたのだろう。獅子王に彼の真似は出来ない。

「弓削……」

上げかけた獅子王の手が虚《うつ》ろに空を掻《か》いた。

「何事だ、角崎」

勇壮な声音が視覚と齟齬《そご》を起こして、発声源を惑わせる。前髪を額で内巻きにして、ファーで縁取られた扇で口元を隠し、中世の貴婦人が雅《みやび》やかに進み出た。

「早乙女先輩。青寮の奴らが偵察に潜り込んでいました」

角崎が自分の手柄とばかりに報告する。弓削は負けじと張り合って身を乗り出した。

「いちゃ悪いのかよ」

「さては、小道具を隠したのもお前らだな」

「俺達はミュージカルを観てただけだ」

「ほう」

早乙女は深慮に耽《ふけ》るように薄紫の瞼《まぶた》を弛《ゆる》め、流し目で獅子王を捉《とら》える。

「特別寮の応援はどうだった？」

「素晴らしいと思いました。観られてよかったです」

獅子王が少ない語彙《ごい》で率直に答えると、扇の陰で微笑む気配がした。

「角崎」

「はい！」

「真の芸術とは敵味方の区別なく心に響き、戦をも止めるもの。美しきものに陶酔する純情は誰も責められまい」

「はい……」

「それに、小道具は我々の管理不行き届きだ。濡《ぬ》れ衣《ぎぬ》を着せれば自身の手にも土埃《つちぼこり》を吸い寄せるぞ」

「申し訳ありません」

早乙女に諭されて漸《ようや》く、角崎の敵意が牙《きば》を収める。様子を窺《うかが》っていた特別寮生も、興味をフィールドの選手に移した。どうやら第三クォーターが始まるらしい。

「またの御来場をお待ちしている」

「お邪魔しました。行こう」

早乙女に送り出されて、獅子王はまだ角崎と睨《にら》み合う弓削の背を押した。

「寮長、すみません」

両陣営を分ける柱の下で、瀬尾が数人の生徒との会話を切り上げる。腕章を着けているから実行委員——生徒会に属する監督生《プリフェクト》か、監督生補助《セミプリフェクト》だろう。

「寮長？　瀬尾！」

腹式の声量を伴って、獅子王の背後から風が吹く。空気を押し出すような質量と甘い香りが獅子王の傍を走り抜けた。

「貴様、何故こちらサイドにいる」

「応援席に規制はない」

瀬尾が涼しい顔で答えたが、早乙女の前進は止まらない。彼は重みのあるスカートを蹴《け》り上げて、瀬尾との段差を一跳躍で帳消しにした。

「後輩《スパイ》を送り込んだな。狡《こす》い策を弄《ろう》しおって」

濡れ衣と純情は何処へ消えたのか。大人げを失くした早乙女に、角崎も目を白黒させて弓削と肩を並べている。

瀬尾は動じない。

「偵察するまでもなく青寮が優勢のようだが」

「下駄を履くまで笑うなかれと先人も仰《おつしや》っている」

「心構えとしては正しい」

「論理的根拠もある。我が寮では今朝パンケーキを食べ損ねた者が多く、白飯で代用した為、エネルギ変換に時間を要しているに過ぎない」

「ところで、小道具は見付かったのか？」

「話をはぐらかすという事は非の自覚があるのだな。遺失物の届出は疾《と》うに済ませた。不用意に喧伝《けんでん》して投げた泥をかぶるような赤の轍《てつ》は踏まん」

早乙女が勝ち誇った顔で足を下ろし、スカートの襞《ひだ》を直す。瀬尾の理知的な表情が僅《わず》かに崩れた。

「青《うち》より赤に挑めばよかろうに」

「ふん。宿敵を討ち果たして後に王者を超える。これぞキングスロードよ」

早乙女が勇ましい拳《こぶし》で、レースのコサージュごと胸を叩《たた》いた。

後半開始のホイッスルが響く。硬球が紫陣営のゴールに突き刺さった。

3

本校舎の下を潜るアーチに紅く色付いた楓《かえで》の葉が寄り集まっている。秋風に吹かれて一枚、また一枚。空気の通り道が北側の柱を掠《かす》めているようだ。

アーチの壁面には掲示板が設けられ、生徒への連絡事項が張り出されている。

「博物館の特別展示、昨日で終わりなんだ。理央が見たがってたやつ」

「ごめん……今、彫刻どころじゃ……ない」

日陰に寝そべり、顔に掛けたタオルの下から答える日辻は、海岸に打ち上げられた昆布よりぐったりとしている。

ポスターを見るに、博物館ではルネッサンスの芸術と題して、ギリシャ神話の神々の像からチェスの駒まで幅広く展示する期間限定イベントが開催中らしい。

通常は化石や出土品など授業に関わる資料が展示されているが、月に一度、二週間ほど、様々な博物館から展示物を借り受ける。

先月は文豪の私小説と銘打って、片想いの相手に送った手紙や借金の督促状が公開された。見に行った生徒は感銘を受けたり、同情したり、茶化して笑ったりと反応は十人十色でありながら、皆一様に帰寮後、私物の整頓《せいとん》をしたと噂になった。

「最初から書かなければいいのに」

「前回の？」

獅子王の独白を弓削が聞き付けて勘良く理解する。

「うん。個人的な手紙を他人に見せるのは、僕は無粋に感じるけど、所有権は受け取った相手に移るから、見られたくないなら書かないの一択だと思う」

「手紙を書く時に晒《さら》されるかもとは考えなくない？」

「一理ある」

行き詰まってしまった。

獅子王自身、二週間前に実家への手紙を書いたばかりだ。学院での暮らしを綴《つづ》った他愛ない内容で、無事を知らせる以外の目的はないが、家族以外に読まれる事は想定しなかった。

越境生《ウォード》制度で受験前から実家を離れ、身元保証人《ガーディアン》の家に住み込んでいた為、実家で何が起ころうと他人事《ひとごと》になっているのだろうか。何しろ獅子王は一ミリもホームシックに罹《かか》っていない。

薄情を考える獅子王とは正反対に、情け深い見解が示された。

「手紙に書くほど想いが募っているんだ。相手に気持ちを届けられるなら、後はどうなってもいいと思うんじゃないかな」

「理央」

日辻がのそりと身体を起こす。

「現実としては、夜中に勢いで書いた手紙なんて、翌朝に先回りして回収したい類《たぐ》いの自己陶酔の産物だけどね」

彼はそんな風に手紙を認《したた》めた経験があるのだろうか。日辻が苦笑いをして両腕を上に伸ばした。

「日辻、もう少し休んだら?」

「大丈夫。俺も観戦したい。今やってるのはラグビーかバスケかな」

「俺、ラグビー場行った事ない!」

「決まり」

弓削と日辻が息を合わせて歩き出す。

「……？」

「獅子王、行くぞー」

「ごめん」

慌ただしく走る生徒が妙に気になって立ち止まったが、体育館と競技場は距離があるから急ぐ状況もあるだろう。

獅子王らがラグビー場に着いた時、試合は既に後半が始まっていた。

得点板のスコアは0対0――七人制で試合時間は短いにしても、ラグビーの試合で無得点はルール上、起こり難い。ボールをゴールサイドまで運べばトライで五点、更にキックによるコンバージョンゴール成功で二点追加される。

無得点の理由は、一分間の観戦で自《おの》ずと明らかになった。

「ノックオン！」

審判の笛が鳴り響く。

直前までボールを持っていた青いビブスの選手が泡食って周りに頭を下げた。

「すみません。手が滑りました」

「仕方ない」

「取り返そう」

チームメイトが代わる代わるに優しく肩を叩く。

「何？」

弓削が日辻を見上げて尋ねた。

「反則。持っていたボールを自分より前に落としたから」

ボールは黄色いビブスの選手に渡される。

「クラウチ！」

審判の合図で両チームの選手がスクラムを組み始めた。人で作るかまくらの様なもので、中にボールを放り込む形で試合が再開される――はずだった。

「バウンド！　セット！」

コールは先に進むが、選手達は肩を組むにも、腰を落とすにも、相手と組み合うにも動きが硬く、辿々しい。ボールを持った黄寮《フラーウム》の選手が右往左往する。押し合い、へし合い、遂にスクラムは組み上がった途端に崩れて潰《つぶ》れた。

審判の笛が鳴る。

「コラプシング！」

「わざとじゃないんです」

黄寮の選手が泣きそうな顔で訴える傍で、チームメイトが楕円《だえん》のボールを摑《つか》み損ねて地面に取り落とした。

「全種目を網羅出来る寮の方が少ないよね……」

日辻が誰へともなくフォローを入れた。

青寮も黄寮もラグビー未経験者なのだろう。全人類の運動神経がスポーツに向いている訳ではない。所謂《いわゆる》『捨て』の競技も作らなければならないが、両寮がラグビーをそれに選び、奇《く》しくも一回戦で当たってしまったようだ。

「が、がんばれぇ」

「黄寮も青寮も負けるなー」

試合を終えた緑寮の選手が声を掛けたのを皮切りに、場内から両チームへの声援が数を増やしていく。フィールドホッケーの競技場と打って変わって別世界だ。心なしか審判の笛も柔らかい。

「クラウチ！」

七度目の組み直しで漸《ようや》くスクラムがバランスを保ち、ばたつく足元からボールが転がり出る。黄寮の選手がボールを拾い上げ、赤ん坊をあやすように両腕で抱えると、潰れたスクラムを迂回《うかい》して走り出した。

「おお！」

場内が歓声に沸く。その大音声に驚いて黄寮の選手がボールを零《こぼ》しそうになる。

獅子王は唇を引き結んだ。彼だけではない。観客席の全員が固唾《かたず》を呑《の》んで、呼吸ごと声を堪《こら》えた。

この瞬間、競技場に来た生徒がいたら、何事かと面食らったに違いない。

皆に見守られて、一人の選手が走る。試合時間をカウントダウンする秒針がゼロに迫る。スクラムは複雑に崩れて誰も立つ事が出来ない。

黄寮の選手は幼児の様な危うさでゴールラインまで走ると、ゴールポストの足元にしゃがんで、ボールを地面に立てた。

得点板の黄寮サイドの数字が０から５へと変化する。

競技場が揺れた。

「うおおお！」

「よくやった」

「どっちもナイスゲーム」

ある者は咆哮《ほうこう》し、ある者は感動して目を潤ませる。両者を讃《たた》える大歓声と拍手に紛れて、試合終了のホイッスルが空高く響き渡った。

獅子王は入口の程近く、両チームのベンチの真後ろにいたので聞こえてしまった。

「ラグビーでよかった。クリケットだったら永久に終わらないとこだ」

青寮の選手が泥だらけの手で額の汗を拭《ぬぐ》う。安堵《あんど》に包まれる青寮ベンチとは対照的に、黄寮ベンチは混乱の渦に呑まれていた。

「どうしよう、勝っちゃった」

「午後はゆっくり試合観戦するつもりだったのに」

「まずい。次の相手、どっちが勝っても地獄だぞ」

「いっそ辞退して、青寮に決勝進出を譲れば……」

弱腰になる黄寮ベンチの話を聞き付けて、青寮ベンチから選手が声援を送る。

「頑張れ、黄寮」

「俺達を負かしたお前らなら出来る」

退路を断たれ、梯子《はしご》を外された。黄寮ベンチが悲嘆に暮れるのを見て、青寮の今本《いまもと》が弱り顔で罪悪感を遠ざける。

「第一、勝ちを譲るなんて不正、そっちの寮長が聞いたらどうなるか」

青寮の選手達が視線を外す。黄寮ベンチに切迫感が漂った。

深い霧が立ち籠《こ》めるように沈鬱《ちんうつ》な空気が獅子王のいる場所まで伝播《でんぱ》する。しかし、どんな暗闇にも必ず光は点《とも》されるのだ。

「皆、すごいよ」

柔和な口調が驚きと喜びを綯《な》い交ぜにする。

選手達が観戦席を振り仰ぐ。

黄寮のベンチ裏で一人の生徒が頻《しき》りに手を振っている。彼はずり落ちた実行委員の腕章を引き上げて、満面を笑みで輝かせた。

「小鳥遊《たかなし》寮長、手《て》摺《すり》に摑まってください」

「身体を乗り出したら危ないので」

選手達が我先にベンチを出てフェンス際に駆け寄る。

黄寮長、小鳥遊雛多《ひなた》。獅子王の記憶ではおどおどして気弱な印象しかなかった。彼は選手達に手を伸ばそうとして、慌てふためく彼らに止められた。

「黄寮《うち》がラグビーで初戦突破したの初めてだよ。すごい、すごい」

小鳥遊の頬を紅潮させるのが感動だけでないのは、ナチュラルショートの髪が束で崩れているのを見れば瞭然《りょうぜん》である。各会場を走り回っているのだろう。

「けど、相手も素人ばかりでしたから」

「相手が強くても弱くても、君達が頑張った事に変わりないよ。頑張った、偉い」

「寮長……」

「次も頑張ります」

「うん。怪我だけは気を付けてね」

小鳥遊が微笑むと、辺りに蔓延《まんえん》していた悲愴《ひそう》さは瞬く間に晴れて、花が咲くように空気が綻《ほころ》んだ。

「黄寮ってあんな感じなんだな」

日辻がぽかんとしている。弓削は里心が付いたようだ。

「なんか、瀬尾先輩の顔を見たくなった」

「分かる」

二人がしんみりと言い合う。獅子王は共感出来るほど寂しさに浸れなかったが、解決策なら知っていた。

「クリケットの二回戦は寮長が出る」

「行く！」

弓削が元気よく身体を翻した。

競技場の出口は帰る生徒で賑《にぎ》わって、停滞こそしないものの散歩するような速度でしか進まない。だが、焦る者や不平を鳴らす者はなく、試合内容さながらに長閑《のどか》な歩みだ。ゲートに立つ警備員も暢気《のんき》に欠伸《あくび》をしている。

「ラグビーは荒っぽくなるから人数を割けって言われてたけど、平和なもんだな」

「気を抜くな。次は特別寮対赤寮だぞ」

「そうだった……」

同僚に窘《たしな》められて、警備員が襟を正す。彼らは獅子王と目が合うと、親の様な慈しみの眼差《まなざ》しで敬礼をしてみせた。

4

芝の香りがする。

広大な芝生のグラウンドに観客席との境はなく、楕円形の競技エリアを囲んで座る生徒が疎《まば》らに散見される。まるで公園でピクニックをしているかのようだ。

楕円のバウンダリーの中心に、長方形のピッチが作られて、左右の端に三本柱のウィケットが立てられている。見た目はサッカーのゴールに似ているが、関係性は野球で言うマウンドとホームに近い。

試合時間はゲームの形式によって終日に及ぶ場合もある。対抗戦では他の競技に合わせて球数を減らし、一時間以内に終わるよう調整されており、更に前の試合が早々に決着したらしい。ピクニック風の輪には選手の姿もあった。

五年生と四年生が中心の集団に瀬尾がいる。

実行委員会の腕章を外し、ジャージを脱いで、Tシャツの上から青いビブスを着る。

五寮でトーナメントを組む為、全種目で二チームが一戦多く戦わなければならない。

そこで勝ち抜いた方と当たるチームに寮長が出場するのが学院の伝統だ。

午前中、最後の試合。勝てば決勝戦。

「緊張してきた」

弓削が両手で前腿《もも》を擦《こす》る。フィールドホッケーのような衝突の多い競技ではないから、一年生が呼ばれる場面は稀《まれ》ではないだろうか。獅子王は思ったが、口には出さなかった。弓削の緊張が自身の出場と無関係だと分かっていたからだ。

「楽しみだな」

日辻が背筋を弛《ゆる》めながらウィケットを見遣《みや》る。午後になれば、彼はバレーボールのチームに招集される事が決まっていた。

「あそこ、水島がいる」

「合流しようか」

青寮一年生が数人、芝生に座っているのを見付けて、弓削と日辻が歩を向ける。

「獅子王」

「……うん」

獅子王は二人の後を追おうとして、違和感に囚《とら》われた。

足が思ったように動かない。意識は明確《はっき》りして風の流れを感じ取れるし、芝の一本一本まで見えている。思考も清澄で速やかに働いているにも拘《かかわ》らず、身体が獅子王の意志を無視する。

日辻と弓削が皆に加わる。

獅子王は強引に足を出したが、膝《ひざ》が抜ける感覚と同時に、視界が真横に回転した。

(転ぶ)

手が痺《しび》れて受け身が間に合わない。

二の腕に衝撃がぶつかる。

しかし、頭は地面から遠く、芝の匂いも風が仄《ほの》かに運ぶだけだ。

獅子王は明瞭《めいりょう》な意識と視覚で状況を正しく把握した。

「赤寮長？」

緋山が二の腕を掴《つか》まえて、獅子王の身体を支えている。彼は獅子王の腕を持ち上げて自分の頭を潜らせると、反対の手でジャージのウェストを掴んだ。肩を組む格好だが、緋山の背が高く体格もいいので、獅子王の足が芝生から浮いてしまう。

「救護テントに連れて行く。もう少し我慢しろ」

「ありがとうございます。でも、大丈夫です」

「大丈夫な訳あるか。お前が倒れれば今日の大会が失敗に終わると思え」

緋山が低く叱り付けて、校舎に続く小路《こうじ》へと歩く。獅子王を担いでいるとは思えない滑らかな歩調で、バウンダリーがどんどん遠ざかる。

自分の所為《せい》で皆の奮闘が無駄になる。獅子王は足元の影しか見られなくなった。

「すみません」

「いや、言い過ぎた。病人に背負わせる責任ではなかった」

緋山が引いた。不遜《ふそん》で強引な一面が目立っていたので、獅子王は彼が途中で意見を変えるとは想像だにしなかった。意外過ぎて、獅子王は自身の不調すら忘れた。

「緋山さんは怖い人だと思っていました」

「あ？　お前っ、青寮の一年」

「獅子王です」

意外続きだ。緋山は獅子王個人を認識していたらしい。

「チッ、お前か」

「自分で歩けます。手の痺れが治りました」

「どうせホッケー場に戻る道すがらだ。途中で放り出せるか」

緋山が獅子王を担ぎ直す。降りようと思っていたのに、獅子王の足がいよいよ爪先《つまさき》まで地面を離れた。

「郵便局の件は言いふらすなよ」

「誰にも話していません。でも、緋山さんに訊《き》きたい事があります」

「交換条件か？　一年の分際で小賢《こざか》しい取引を」

「答えたくなければいいです」

「言え」

高圧的に返されたが、不思議と怖くない。獅子王は彼の目を覗《のぞ》き込んだ。

「何故、早朝に行動したのですか？」

「二週間前の話だ。何処が疑問なのかも分からないんだが」

「郵便局の奉仕活動は始業前だけです。いつ来るかも知れない犯人を待ち伏せするには、滞在可能時間が短いと思いました」

「充分だろう。予告状には午前九時と指定されていた。始業前に貴重品を回収し終われば守りきれる」

緋山の答えは納得がいく。だからこそ獅子王の疑問を深くする。

予告状の事を瀬尾に知らせた赤寮の香野は、時間の事を言わなかった。要約する時に端折《はしょ》ったのだろうか。監督生補助《セミプリフェクト》を務める彼が、時間という情報の重要さを失念するとは考え難い。

（わざと伝えなかった？）

疑問が数珠繋《じゅずつな》ぎに次の疑問を呼ぶ。

「緋山さんはどうして、カフェテリアで当番を替わったのですか？」

「強盗から学院の財産を守る為だ」

「不自然です」

獅子王が言い方を選ばなかったのは体調に余裕がなかったからではない。直感が、緋山に言葉を弄《ろう》しても無意味なだけだと告げていた。

「忘れろ」

「どうしてですか？」

「被害はなかった。他に何を望む」

「真実を」

獅子王の足が地面に着く。ずり落ちた分、摑まれた腕が上がって肩が痛い。

緋山が獅子王の手首を握り締める。彼の口が開きかけた。


ボン。


何処からともなく、破裂音が聞こえた。

「爆発……？　それにしては風がない」

茫然《ぼうぜん》とした声で呟《つぶや》いて、緋山が目を瞠《みは》る。獅子王は弛《ゆる》んだ指の隙間から手首を抜いて腕を下ろし、緋山の視線を追った。

風上が白い煙幕で塞《ふさ》がれている。火元が燃える匂いはしない。その無形の白い塊は衰える事を知らず、寧《むし》ろどんどん嵩《かさ》を増して、風下へと地平を走る。

　逃げ遅れた生徒の一団が煙に飲み込まれたのを見て、クリケット場にいる生徒が漸《ようや》くただごとでない事態と理解する。彼らは迫り来る白煙から這々《ほうほう》の体で逃げ出した。

「鼻と口を袖《そで》で覆って全速で走れ」

　瀬尾の透《とお》る声が生徒の背中を押す。

「獅子王。ここにいたのか、よかった」

「緋山先輩？」

　弓削と日辻が外周まで逃げ果《おお》せたところで、二人を見付けて立ち止まった。

「此奴《こいつ》を任せたぞ」

　緋山は獅子王の肩口を押して弓削と日辻に押し付けると、欅《けやき》の下で立ち尽くす警備員に呼びかけた。

「増援を頼んで避難誘導をお願いします」

「それが、あちこちでトラブルがあったらしく手が足りていないのです」

「では、先生方と協力を」

「分かりました」

　警備員がピッチへと走った。教師が咳《せ》き込む生徒を支えて歩くのを、警備員が背負って代わり、白煙に向かって声を掛ける。

「皆こっちへ」

「煙を吸い込まないように」

生徒が声を頼りに白煙から駆け出してくる。

中に瀬尾の姿が見えた瞬間、緋山が小路を下りて芝生に飛び出した。

「瀬尾。生徒はこれで全員か？」

「視界が悪くて断言し難い」

「警備員さんに懐中電灯を借りてくる」

「乱反射して利かない。あれは粉だ」

「粉？」

「石灰か何か……火花が散れば粉塵《ふんじん》が爆発する。電気は避けた方が安全だろう」

瀬尾に諭されて、緋山のフラストレーションがピークに達する。彼は憤りを吐き出すように瀬尾の胸ぐらに摑《つか》みかかった。

「試合で勝てないと踏んで小細工で中止を目論《もくろ》んだか」

理不尽な怒りで当たられて尚《なお》、瀬尾の冷静さは揺らがない。

「本気で言っているなら答えるが？」

「悪かった。動転した」

「そうだぞー、混乱し過ぎだぞ。実行委員」

場違いに弛んだ物言いで窘《たしな》めた彼の腕にも、委員の腕章が巻かれている。一点異なるのは、役職名が一文字多い。実行委員長、平時は生徒会長であり全校生徒を束ねるリーダーだ。

ジャージを着崩して、裾《すそ》は左足だけ腿《もも》まで捲《まく》り上げている。髪型はアシンメトリーで右サイドが短い。

「吉沢」

「ほい」

彼が指を鳴らすと、白煙が波打った。連続的な噴射音が地表で回転する。

徐々に煙幕が鎮まっていく。やがて視界が晴れると、グラウンドの至る所で孔雀《くじゃく》の様に羽を広げて放水するスプリンクラーが現れた。

「格好付けるな。放水指示を出して来たのだろう」

「そういう事」

吉沢が悪怯《わるび》れずにやと笑うと、緋山は諦《あきら》めた顔で溜息《ためいき》を吐く。

瀬尾が濡《ぬ》れた芝生にしゃがんで、葉の一枚を指で摘《つま》んだ。

「これは……」

獅子王は彼に倣って白くなった芝に触れてみた。

粘性のある液体だ。親指と人差し指で挟むとべたべたする。鼻を近付けたが匂いはしない。

「小麦粉っぽい」

弓削が隣にしゃがんで膝《ひざ》を抱える。確かにパンケーキを作る時に母親が混ぜていたボウルの中身に似ている。弓削が指先で掬《すく》って舐《な》めようとすると、日辻が慌てて彼の後頭部を鷲掴《わしづか》みにした。

「多分ね」

弓削に言ったのだろうか。吉沢が前に向き直ってスプリンクラーの水を蹴《け》る。

「学食で小麦粉の二十五キロ袋が複数、消え失《う》せたと聞いている」

粉塗《まみ》れ水塗れ。惨状に反して閑散としたクリケット場が、獅子王にはひどく不気味に見えた。

5

パンケーキの配膳《はいぜん》トレイにバンズが堆《うずたか》く積まれている。

獅子王は朝食に中華粥《かゆ》を選んだので気にも留めていなかった。朝食の定番メニューが消えた背景に小麦粉の盗難が潜んでいるなど、誰が想像するだろう。

　カフェテリアの食器に、行事限定の紙製ランチボックスが置かれている。

　バンズにレタスと魚のフライ、タルタルソースを挟んでランチボックスに入れ、隙間にフライドポテトとシャウエッセンを詰め込むと、テトラパックの牛乳で蓋《ふた》を押さえて、獅子王は配膳の列を離れた。

「ここ」

　食堂を出た所で日辻が手を挙げる。弓削の元気がないのは、一緒に待っているもう一人の彼の所為《せい》だろう。

「裏庭の四阿《あずまや》と生徒会室、どっちがいい？」

　吉沢が朗らかに権限を濫用しようとする。

「四阿でお願いします」

　獅子王、日辻、弓削の声が図らずも一致した。

　気になる事がある。

　獅子王は瀬尾に密《ひそ》かに言ったつもりだった。吉沢に聞かれても困りはしなかったが、瀬尾がいなくなるとなれば話が変わる。

「寮長は寮監《ハウスマスター》と先生をランチにエスコートする仕事があるから、オレでよかったら些《さ》細《さい》な事でも気軽に言ってよ」

「逆に生徒会長で務まらない聞き取りって何ですか？」

「後ろの二人はオレだけだと不安みたいだけど」

試すような視線で振り返られて、獅子王は身構え、弓削はその背に隠れた。

裏庭は用途別に分けられた区画の隙間に取り残された、中途半端な庭園である。四阿がひとつ建つだけで花もろくに植えられていない。

吉沢は四阿のベンチに腰を下ろすと、ランチボックスを開けた。海苔《のり》を巻いたおにぎりが二個と卵焼き、栗の甘露煮が行儀よく収まっている。彼がおにぎりを手で摑んだので、三人もベンチに座り、ランチボックスを膝に置いた。

面識の浅い彼に何を何処から話せば良いのだろう。獅子王が切り出し倦《あぐ》ねていると、吉沢がおにぎりを飲み込むついでのように口火を切った。

「小麦粉は時限装置で散布される仕掛けだった」

弓削のバンズからミートソースが零《こぼ》れ落ちる。日辻がすかさず彼のランチボックスで受け止めて、吉沢に聞き返した。

「時限爆弾ですか？」

「厳密にはどう呼ぶのが正しいかな。仕組みとしては風船に小麦粉を入れて、空気を送り込み続けるのに近いだろうね。救護テントの予備の陰に隠されていた」

獅子王の奥歯で嚙《か》んだポテトが急に味を失う。無理に飲み込むと、小石を呑《の》んだみたいに喉《のど》が抉《えぐ》れた。

「君達の番だ」

吉沢が卵焼きを手で摘んで口に放り込む。

日辻と弓削が食べるのを止めて視線を交わす。話す他ない。獅子王はランチボックスの蓋を軽く閉めた。

「二週間前に郵便局で起きた事件、吉沢さんは御存じだと思います」

吉沢が咀嚼《そしゃく》の動きで頷《うなず》く。

「学院内の支局には強盗する価値があるでしょうか」

「ぼくも獅子王にその話を聞いて、奉仕活動をした事がある先輩にそれとなく尋ねました。局の内部は大半が郵便物の保管と仕分けのスペースで、金融機関としての機能は街の本局に依存しているそうですね」

日辻の補足は、獅子王が聞いたものより大幅にディテールを削られている。局内に金庫らしい金庫がない事、毎日三度から五度、本局の車が来て現金を回収している事、一定額以上の金融手続きは本局で行うよう断れる事。

吉沢には既知の情報だろうが、生徒が後輩に話した内容としては喋《しゃべ》り過ぎのきらいがある。情報源を守るのは警察だけではない。

獅子王は話を立ち止まらせないように語を継いだ。

「次の疑問は、緋山さんです」

「赤寮長の？」

　吉沢が指に付いた米粒を喰《は》む。

「緋山さんは予告犯から守る為に強盗の先手を取りました。彼に害意がなかった事は、弓削が現場で見ています」

「あの、局員さんは倒れたけど、先輩を取り押さえようとして、避《よ》けられてお互いに衝突したんです。オレ達は郵便物を取り上げられただけでした」

　現場の証言は詳細で説得力が大きい。

「しかし、強盗から郵便局を守る事が目的と仮定すると、緋山さんが皆に見える形で行動した点が不可解です」

「君が思う不可解は、彼が犯人に代わって強盗をフェイクした以外にも感じた？」

　吉沢は頭ごなしに否定しないが、それだけでは弱いと言外に匂わせるようでもある。

　獅子王は牛乳にストローを挿す時間で、慎重に事実と自身の考えを照らし合わせた。

「緋山先輩が強盗を防ぐには自分が先を越すしかない、と考えた事自体は問題ではありません」

「先生方には正義感こそ評価されたけど、視野の狭まった判断ミスと看做《みな》されたよ」

「追い詰められた時、人間の判断力は低下します」

人類が常に理性的な決断をする生物でない事は法と歴史が証明している。

緋山の決断も、有用性を論じる事は出来ても否定は不可能だ。矛盾を抱える状況は人生で何度でも起こり得るだろう。

だが、同一の目的下で複数の行動が相反した場合、そこには理由が必要になる。

「犯罪を起こそうという時、不在証明《アリバイ》を作る事はあっても、敢《あ》えて行き先を、それも犯行現場を他人に知らせるでしょうか」

瀬尾の話では、緋山は大抵の相手は返り討ちに出来るらしい。

「緋山さんは人の多い学食で、奉仕活動を代わる事を大々的に喧伝《けんでん》しました」

「寮内で話す事も出来たのに、か」

吉沢が唇を曲げる。寧《むし》ろ、同じ寮で暮らしている相手に、食事という一日の中でも限られた時間に話しかけたのだから、わざと狙ったとしか思えない。

「緋山先輩は、自分が郵便局にいる事を知らせたかった？」

日辻の独白を聞いて、弓削が眉《まゆ》を顰《ひそ》める。

「誰に」

「誰って……犯人かな」

「だったら、先生にこっそり話して、待ち伏せして捕まえればいいじゃん」

「獅子王が言ったように、緋山先輩は最初の段階で、逮捕じゃなくて、自分が先に事件を起こして本当の強盗を来させないと決めているから……待って」

「待った」

日辻と弓削が互いに互いを制止する。二人の目が周囲を映さなくなり、思考が内へと集中していくのが見て取れた。

「強盗を来させない為に、郵便局には自分がいると学食で喧伝した」

「それってさ、それってさ、犯人が学食にいた事になっちゃう」

「けど、個人の特定は出来ていなかった」

二人の推論が緋山を包囲する真実の輪を狭めていく。

緋山は学食で大仰に立ち振る舞い、郵便局で大立ち回りをして、犯人の牽制《けんせい》に徹した。知っているぞ、見ているぞ、と強く意識させて、犯行を諦《あきら》めさせる為と考えると辻褄《つじつま》が合う。

「緋山が守ろうとしたのは犯人かもしれない。ふむ、新しい見解だ」

吉沢の納得は、安堵《あんど》の裏で焦燥を獅子王に植え付けた。

「生徒会長」

「うん？」

「四年生の部屋は、下級生でも入る事は可能ですか？」

「物理的には」

　吉沢が答えてから探るような眼差《まなざ》しで獅子王を見据える。不確かな疑惑で他人を窮地に陥れてはならない。だが、あらゆる可能性を考慮しなければ嘘は暴けない。

　獅子王は緊張する喉を牛乳で湿らせた。

「生徒が犯人だと断定した理由があると考えるべきです。緋山さんが予告状を手に入れた経緯は」

「緋山の寝室のドアに挟まれていたらしい」

「四年生は二人部屋ですよね。同室の先輩は予告状を見ましたか？」

「見せていないと聞いた。投書の形で寮長に意見が送られる事はある。緋山もその辺りは弁《わきま》えて隠したようだが、相手側も気を付けているだろうな。役職持ちと同室でうまくやっていくコツは、首を突っ込まないに限る」

　一年生には知り得ない処世術だ。

　寮対抗戦の『応援』の様に、一年生はまだ『おまけ』だ。寮の不文律も、学院に根差した暗黙の了解もまだごまんとある。だが、覚えた事もある。

　獅子王は脳内で鈍く光る事象に焦点を絞った。

「緋山さんが学食で喧伝したのは、犯人が特定出来なかった為と見て間違いないと思います。反面、学食では同じ寮で集まって座る傾向があります」

「ああ、四年くらいまでは何となくね。下級生の食事のマナーに気を付けてあげるのも上級生の役目だから」

　吉沢が何気ない風に言う。日辻も知っていたらしいが、弓削は獅子王と同じく初めて聞いたようだった。

「あれってそういう意味があったんだ」

「学食で行動すれば、赤寮生の耳には必ず届く。他寮の生徒にも多少なりとも聞こえる程度の環境は、緋山さんの疑いの度合いに合っていたと考えられます」

　特別寮の様にコンシェルジュがいる訳ではないから、他寮の生徒でも職員の目を盗めば潜り込める。寮生にならば見られたとしても、誰かが友達を連れてきたのだろうと——無申請の同行者は違反行為ではあるが、目を瞑《つぶ》るだろう。それでも、赤寮生の仕業と考える方がまだ現実的である。

　寮生が寮で一堂に会するのは自習時間の学習室くらいだ。寮監や寮付教師《チューター》がいるから、罰としての奉仕活動の交代を申し出るには不向きと考えると、学食は緋山の目的に沿う唯一無二の場所だった。

「赤寮に入って寮長の部屋のドアに予告状を挟み、学食で寮長の計画を聞く。それが出来た人物の中に、予告状の内容を知っていた人がいます」

「赤寮生か？」

「はい。彼は緋山さんの部屋で偶然見たと言っていましたが、個室ならまだしも、二人部屋で人目に付く場所に放置しないであろう事は、先程の吉沢さんのお話で確信に至りました」

「つまり、その人物は別の機会に内容を知った」

「更に、彼は犯行予告時間を伏せて瀬尾寮長に報告しました」

獅子王は一度、話を区切った。理論は客観的だろうか。印象を誘導していないだろうか。獅子王は決して彼に容疑を向けさせたい訳ではない。獅子王が見落としている不公平な論拠があるならば、皆に否定して欲しい。

「時間は、何の為に伏せたと思う？」

　吉沢が丁寧に話を確認する。

「手遅れになりかねないギリギリの時間になってから報告したと思われると、故意を感じさせて自分に不利益だから……」

「何故、善意の目撃者を装って瀬尾に助けを求める？」

「分かりません」

獅子王が正直に答えると、吉沢が微《かす》かに表情を硬くする。弓削と日辻の心配が伝わってくる。

「話は戻りますが、学院内の郵便局には強盗を働く一般的な価値はありません」

獅子王は牛乳パックに視線を落とした。三角錐《さんかくすい》の底面から三辺が集まって最後に頂点を作る。

一、強盗行為自体が目的だった。

二、予告状を出す事に意味があった。

三、強盗事件に目を向けさせている間に別の狙いがあった。

或《ある》いは、それ以外。

「寮対抗イベントは何かと問題が起こりやすいが、今日は立て続けに起き過ぎだな」

吉沢が独白していよいよ顔を曇らせる。

獅子王の気がかりも三番目の可能性だった。現に、警備員が不足し始めている。

「強盗未遂事件の再調査を生徒会長に提案します」

「分かった。緋山と件《くだん》の赤寮生に聞き取りを行う。名前を聞いていいか？」

「赤寮、監督生補助の香野さんです」

「彼奴《あいつ》が？」

監督生は五年生から選ばれる生徒のリーダーで、生徒会役員を務める。生徒会長の吉沢とも面識があって当然だ。

「臆病《おくびょう》なとこはあるが、よく気の回る奴なんだ。そうか、香野が重要な時間を報告し忘れるとは考え難い。生徒会でなく瀬尾に相談したというのも……いや、決め付けるのは早いな」

「緋山さんの処遇が心配で、先生には話せなかったと言っていました」

「ありがとう。君達は安心して対抗戦の続きを楽しんで」

吉沢は飄々《ひょうひょう》とした雰囲気に戻ったが、ランチボックスを潰《つぶ》すと、全速力で裏庭を後にした。

「はあ」

獅子王は溜息《ためいき》に声を零《こぼ》した。

肩の荷を下ろすとはこの事だ。質量は変わらないのに、心が軽くなった気がする。ぐったり疲れた気もするので差し引きゼロか。

ランチボックスの蓋《ふた》が歪《ゆが》んでいる。我知らず力を入れていたようだ。獅子王は冷めたフィッシュサンドを手に取った。

「どうして今日なんだろう」

フライを齧《かじ》る音で、獅子王は声の主を摑《つか》み損ねた。

日辻がチーズドッグを飲み込む。口を開いたのは弓削だった。

「強盗とか小麦粉で気を逸《そ》らすのが目的かもって話だよな」

「うん」

「皆が楽しみにしていた対抗戦が邪魔されて腹立つのもあるんだけど、騒ぎを起こすなら授業がある日に校舎に小麦粉を仕掛けた方が効率よくない？」

獅子王は喉《のど》にパン粉が引っかかって咳《せ》き込んだ。

「大丈夫？」

弓削が自分のりんごジュースを渡しかけて、獅子王の牛乳パックに持ち替える。

目から鱗《うろこ》だ。獅子王は双方の事件に近似性を感じはしていたが、発生日の間隔は盲点だった。

「強盗が二週間前で、対抗戦が今日」

日辻の言葉が既視感を呼ぶ。

獅子王はフィッシュサンドを掴んだまま、校舎下を潜るアーチに走った。

「特別展示」

博物館のポスターに開催期間が印刷されている。

始まりは強盗前日。

終わりは昨日。

「搬入と搬出だ」

獅子王は全身から血の気が引くのを感じた。

☆

黒色を背景に、頬杖《ほおづえ》を突いて座る天使の像が空白を見上げている。

ルネッサンスの芸術。


二週間の開催期間は昨日で終わり、博物館は搬出作業に追われていた。

「チェスの駒は専用のボックスがありますので、食器類をお願いします」

指示を受けて梱包《こんぽう》に当たる職員が視線を迷わせる。指揮を執る彼女はスーツのジャケットを脱いで自ら緩衝材の内の一種類を選び取ると、職員に手渡して身振りを加えて説明をする。

「あらっ」

力みが髪にまで伝わったのか、ポニーテールを結うヘアゴムが弾《はじ》けて切れた。

飛んだヘアゴムがジャージの背中に当たる。彼は敏感に察知してそれを拾い上げ、外れたゴムを装飾金具に留め直した。

「御影《みかげ》先生、どうぞ」

「ありがとう」

彼女は白い手袋を取り、髪をひとつに纏《まと》めた。

「対抗戦が盛り上がる頃ね。ここにいて大丈夫？」

尋ねられた途端、彼の顔が曇る。

「御迷惑ですか？」

「そうではないけれど、上級生は必ず選手にならなくてはならないでしょう？　それに、あなたは赤寮の生徒さんだから……」

「心配しないで下さい。一年生の適性を見る為には、全種目のチームに空きがあった方がいいんです」

彼の答えは余りに滑らかで、訊《き》かれる前から用意されていたかのようだ。

御影が安心したように眉《まゆ》を下げて、白い手袋を両手にはめる。

「博物館としては、人手は多い方が助かるわ」

「ぼくも、こちらの方が楽しいです」

彼が作業用具の籠《かご》から養生テープ選び取った。

「御影さん。これは業者さんに頼む方ですか？」

職員の一人に指示を仰がれて、御影が肩越しに首を伸ばす。

「小さいものは郵便です。緑色のコンテナに入れて下さい」

「御影さん。搬出に来たトラックが校門で足止めされているそうです。連絡してもらえますか？」

　また別の職員が呼びかける。

「警備部には話してあるはずよ」

「担当者が席を外しているみたいです」

「すぐに行くと伝えて」

　御影が慌ただしく踵《きびす》を返して、彼のジャージの裾《すそ》を摘《つま》む。

「手伝ってくれてありがとう。ここはよろしくね、香野さん」

「はい」

　香野は屈託なく笑ってみせると、搬出口から出て行く御影を見送った。

☆　☆　☆

回答四

　スーベニアショップの入口が閉されて、クローズドの札に銀杏《いちょう》の葉が挟まっている。

店内は暗く、窓に映り込む並木の黄色が秋らしい。

図書館の前で髪の長いスーツ姿の人とすれ違ったのを最後に、区画から生きた人間の気配が消えた。学院の伝統ある建築物は廃墟《はいきょ》と呼ぶには美しく荘厳で、何世紀も前に人だけがいなくなった街の様だ。

無人の静寂はやがて薄れ、気配を追った先で煉瓦《れんが》造りの博物館に行き着いた。尖《とが》った切妻屋根の軒下に網目状の窓がある。新入生は入学時の校内案内でステンドグラスの明かり取り窓だと教えられるが、外から見ると賽《さい》の目にしか見えない為、外観は素朴な印象を与えた。

正面エントランスはチェーンが掛けられていて入れない。反時計回りに壁伝いを歩くと、葡萄《ぶどう》棚の向こうから物音がした。

背の高い鉄扉が開け放されている。音は、中から聞こえる。

「獅子王」

弓削が息を呑《の》む。

「見てくる」

単身、乗り込もうとする獅子王の腕が両側から摑《つか》まれる。

「一緒に行く」

獅子王は頷《うなず》き返して、一歩だけ先行した。

博物館の裏口は倉庫に直結していた。広さや煩雑さの具合は個人宅のガレージと大差ない。しかし、置いてあるのは絵画、緩衝材を巻かれた彫像、小物を収めた木箱と、高価な美術品だ。

　倉庫の奥、右手に博物館に通じる扉があり、時折、人が出入りするが、暫《しばら》く見ているとすぐに顔を覚えられる。茶のエプロンを付けた職員と黒いブーツを履いた職員の二人しかいないからだ。

　何処を見ても警備員の姿はなく、倉庫に居続けるのは唯一、学院指定のジャージを着た生徒だった。

「香野さん」

　声を掛けると、彼は取り出したメジャーをポケットに戻して背を返した。

「獅子王君。ここで何をしているの？」

「予告状の件で、香野さんにお話を聞きに来ました」

「ちょっと！」

　香野の顔色が失われる。黒ブーツの職員がバインダーを手に入って来ると、香野はぎこちない笑顔で平静を装った。

「すみません、戸外《とどの》さん。そこが済んだら、識別コードの貼り付けをお願いします」

「いいですよ」

　職員が香野のやりかけの作業を目視して、バインダーにペンを戻す。

「君達ちょっと、来て」

香野は獅子王を厳しく睨《にら》み、倉庫から葡萄棚の下まで追い立てた。

「何なの？　もうすぐ決勝だろ。自分の寮を応援しなよ」

「香野さんは何をしていたんですか？」

「ぼくは普段から博物館で御影先生のお手伝いをしている。有志だけれど、委員会みたいなものだよ。搬出作業で大変な時に、来ない訳にはいかないじゃないか」

香野は落ち着きなく前後を気にしている。倉庫の職員は分かるが、誰か来る予定なのだろうか。獅子王は香野の左斜め前に立ち、彼の動きに警戒を払った。

「話を聞いたら帰ります」

「何なの？　解決した話を今更する意味ある」

「なければいいと思います」

獅子王が答えると、香野が漸《ようや》くこちらを向いた。

「どうして予告状に時間が書かれている事を隠したのですか？」

「時間！」

香野が大袈裟《おおげさ》に驚いてみせる。

「書いてあったかな」

「ありました。だから、始業前にぼくの所にきたのですよね」

葡萄の蔓《つる》が香野の青ざめた表情に歪《いびつ》な影を落とす。

「それの何が駄目なの？」

口を挟んだのは弓削だ。間違いがあるなら正してくれる方がありがたい。獅子王は自身の中でも改めて理論を整理した。

「一日は何時間？」

「二十四時間」

「何を根拠に零時から九時までを除外出来る？」

弓削が手を打った。

「成程ね。日付が変わった瞬間から警戒するなら、前日までに相談する」

「学院内の郵便局は八時には開く。時間の指定がなければ、弓削が郵便局に着いている時点で手遅れになる恐れがあった」

日辻も納得を示す。獅子王の足元が踏み固まる感覚がした。

「香野さん」

「！」

「手遅れになってから話した事が知られると不都合だから、予告状に書かれた時間を忘れた風に装ったのではありませんか？」

止めようと思えば事前に止められた。

敢《あ》えて、止めなかった。

騒ぎが起きて欲しかった。瀬尾に相談したのも事をより大きくする目的だったのかもしれない。

真の狙いの目眩《めくらま》しにする為に。

「…………」

香野が踵《かかと》を退《しりぞ》ける。背中に葡萄棚が迫る。彼は後ろ手に、支柱に巻き付く葡萄の幹を握り締めた。

「そうだよ。時間を言ったら手遅れだとバレるだろ」

「目的は？」

騒ぎを起こして人目を逸《そ》らし、何処で何をするつもりだったのか。尋ねた獅子王に、香野は髪を振り乱してがなり立てた。

「もっと早く言えって怒られるのが怖かったに決まっている」

「……え？」

獅子王は耳を疑った。間違いなく聞こえた通りだと分かっても、意味を取り違えているのではないかと懐疑心でいっぱいになった。

香野は三人の微妙な反応に気付かず語り続ける。

「自分でもギリギリまで迷い過ぎだって思うよ。でも、寮長に託したから大丈夫って思うだろ。思いたかったんだ。けど、当日になって寮長が郵便局に行くって聞いて、まずいぞって。寮長は先生にも生徒会長にも報告してないぞって」

「寮長って、緋山さん」

「そうだよ」

「予告状をドアに挟んだのは香野さん」

「そう！」

香野は焦《じれ》ったいと言いたげに苛立《いらだ》ちを露《あら》わにする。

獅子王は俄《にわ》かに混乱した。推測は合っていたのに話が合わない。

「生徒会に伝わったら問い詰められるのは目に見えていた。青の瀬尾寮長は冷静で怒らないって聞いていたから、オレの名前を出さずにうまく収めてくれるかなって期待して、一度はそうなったのに、何で掘り返すの？」

「獅子王」

日辻が獅子王の肩を叩《たた》く。彼は香野に背を向けて、掠《かす》れるほどの小声で囁《ささや》いた。

「香野先輩は犯人ではないのでは？」

「僕もそう思った。それじゃあ、誰が……」

「予告状を出した奴じゃないの？」

弓削が獅子王と日辻それぞれに耳打ちする。獅子王は香野に向き直った。

「すみません。香野さんは何処で予告状を見付けましたか？」

「いつの間にか鞄《かばん》に入っていたんだ。何でぼくだよ、って不思議だったけど、今考えると生徒会に持って行かせようとしたのかな」

香野が眉間《みけん》に皺《しわ》を寄せる。

犯人は香野ではない。混乱と、罪悪感と、切迫感が獅子王を雁字《がんじ》搦《がら》めにする。推測が総崩れになって、何から手を付ければいいのか分からない。

急がなくては。

そう思ったはずなのに、急ぐ理由が脳内で混濁する。

日辻が獅子王の手を取った。

「獅子王、事実だ」

手首を強く握られて、分散した意識が痛みに集中させられる。

「一見矛盾しても、事実は事実。両方あっていい」

「答えが違ったからって、計算式まで全部、間違ってるとは限らないもんな。部分点ありあり」

弓削が他愛ない事みたいに言う。

事実は不動だ。途中式はまだ使える。

「ありがとう」

獅子王は謝罪を後回しにして推察の修正を試みた。

陽動と見られる二日の騒動は、博物館の搬入日と搬出日に一致する。

香野が博物館に頻繁に出入りしている事は、先程の倉庫でのやり取りを見るだけでもよく分かった。

（あの人、逆さまだった）

獅子王は両の瞼《まぶた》を押し上げた。

「香野さん。さっきの黒いブーツの人は、学院の職員さんではないのですか？」

「よく分かったね。戸外さん。広告代理店の社員さんで、今回の特別展示の企画持ち込みと、展示物の貸し出し交渉をしてくれた人だよ」

「だから――」

獅子王は言うが早いか、日辻の手を振り解《ほど》いて倉庫に走った。

先程、倉庫で香野が指示を出していた。戸外が博物館の職員なら立場が逆である。

陽光を浴びていた所為《せい》で、開け放された鉄扉の中が殊更《ことさら》、暗い。獅子王は距離感を失い、殆《ほとん》ど戸外にぶつかるようにして止まった。

「わっ」

戸外が筆入れほどの木箱を放り出しそうになって、慌てて腕でかき抱いた。

獅子王は黒目だけを動かして、木箱に視線の照準を合わせた。

「それですか？」

「何が、でしょうか」

「郵便局に強盗予告があったという事実は、後に郵便物の紛失を強盗の仕業に出来る。『当日は何もないように見えたが、実は盗まれていた』と」

「は？」

木箱を抱く戸外の手の甲に骨と血管が浮く。

「今日も同じです。『展示物のひとつが紛失した。立て続けに起きた騒動で警備が手薄になり、外部犯の侵入を許してしまったに違いない』。騒ぎを起こさずとも博物館に入れるあなたは容疑から外れる」

「言いがかりでごっこ遊びをするのが学院の流行《はや》りですか」

「香野さんの鞄に予告状」

獅子王は目を眇《すが》めた。

「あなたが学院に来た日を教えてもらえますか？」

「……頭でっかちのクソガキめ」

地鳴りの様な低音で罵《ののし》って、戸外が木箱を手に走り出す。

獅子王は傍にあったモップの柄を握り、戸外の右足と左足の間に投擲《とうてき》した。止めなければと咄嗟《とっさ》に動いてしまったが、彼の手には展示物がある。

（しまった）

戸外の足をモップが搦め捕る。体勢が崩れて、前のめりに倒れる。

木箱が放り出される。

崩壊へ向かう光景がスローモーションで見える中、弓削の声が倉庫を貫いた。

「理央！　レシーブ！」

瞬間、日辻が反射的速度で地面を蹴《け》る。彼は上体から飛び込んで両手で木箱を受け止めると、全身をしなやかに波打たせてうつ伏せに着地した。

物音を聞き付けた職員が駆け付ける。スーツ姿の職員が吉沢と教師数人を引き連れて雪崩れ込む。

衝撃で割れたのだろう。日辻の持つ木箱の底が外れて、二重底の中から何十枚というクレジットカードと身分証明証が落ち葉の如く舞い散った。

☆

昼食明けの決勝戦は赤一色となった。

五種目中四種目で赤寮が勝ち残り、特別寮と緑寮が二種目、黄寮と青寮が一種目ずつと偏りはしたが、例年に比べれば緑寮の健闘が光った、とは吉沢の言だ。

唯一、赤寮が決勝に上がれなかった競技はバレーボール。特別寮が獅子奮迅の末、赤寮との激闘を制した結果だった。

「ホッケーの雪辱戦だ、瀬尾。全力で行かせてもらう」

早乙女が啖呵《たんか》を切る様は勇ましくも優雅で、騎士が決闘を申し込むかのようだ。

瀬尾の冷静さは時と場合に流されない。

「君も私も選手ではないが」

「愚かな。寮長たるもの、この身はコートになくとも心は選手と共にあれ」

凛然《りんぜん》と言い放った早乙女を讃《たた》えて、特別寮の選手と応援席が感涙に咽《むせ》び泣いた。

一時は混沌《こんとん》を極めた事態は、瞬く間に収束した。

吉沢が校長の水上《みなかみ》に掛け合うと、彼女は五分の間考えて言った。

『腕に覚えのある教師を博物館に向かわせます』

水上の聡明《そうめい》さは、獅子王の再思三考を一足飛びに越えて真実を手繰り寄せたのだから、流石、学院の代表者である。

吉沢の話によると――彼個人の厚意で話してくれた情報に限られるが、戸外は詐欺グループの下請けで小遣い稼ぎをしていたという。盗難品の受け渡しに展示物の運搬を利用する事を思い付き、海外のアルバイト仲間に学院宛ての荷物を送らせて、展示品リストを偽造した。

例の木箱はフェイクで博物学的価値は皆無だが、『シードゥス学院に宛てられた美術品』のタグはまんまと検査の目を弛《ゆる》める事に成功したらしい。

戸外が密《ひそ》やかに警察署へ連行された頃、寮対抗戦は赤寮の圧勝で幕を閉じた。

閉会式で、緋山が掲げた拳《こぶし》を自分達の方へ突き出したように見えたのは、獅子王の自意識過剰だろうか。

夕陽が傾いて、紅葉の色が空に広がる。

「面白かったなー、対抗戦」

弓削の声が決勝戦での応援のし過ぎで嗄《か》れている。

「団体競技も悪くないね」

日辻は今日だけで少し痩《や》せたように見えた。が、笑顔は清々《すがすが》しい。

獅子王はどちらとも言えない。弓削の様にボールの行方に一喜一憂する事はなく、日辻の様に寮に貢献する事もなかった。応援席でも交代要員でも、ただ数としてそこに居るだけのおまけだ。

「お風呂《ふろ》入ってからごはん行きたいけど、混んでるかなあ」

「きっと考える事は皆、一緒だろうね」

「獅子王は？」

弓削と日辻が振り返る。訊《き》かれた途端、獅子王の現金な腹の虫が空腹を主張した。

「ごはんを先にしよう」

「おー！」

二人が当たり前みたいな顔で言う。

青寮に着くと、玄関に寮母《メイトロン》の二宮がいた。

「おかえりなさい」

親とは違う。実家とも違う。だが、確かに温かな気持ちが胸にある。

「ただいま戻りました」

獅子王は面映《おもはゆ》い気持ちを隠して、足早に扉を潜った。

本書は書き下ろしです。

私《し》立《りつ》シードゥス学《がく》院《いん》Ⅱ

小《ちい》さな紳《しん》士《し》と学《がく》院《いん》の謎《なぞ》

高《たか》里《さと》椎《しい》奈《な》

令和3年 5月25日 初版発行

発行者●堀内大示

発行●株式会社KADOKAWA
〒102-8177 東京都千代田区富士見2-13-3
電話 0570-002-301(ナビダイヤル)

角川文庫 22680

印刷所●株式会社暁印刷
製本所●本間製本株式会社

表紙画●和田三造

●お問い合わせ
https://www.kadokawa.co.jp/ (「お問い合わせ」へお進みください)
※内容によっては、お答えできない場合があります。
※サポートは日本国内のみとさせ ていただきます。
※Japanese text only

ISBN 978-4-04-111305-9 C0193

◇◇◇

角川文庫発刊に際して

角川源義

　第二次世界大戦の敗北は、軍事力の敗北であった以上に、私たちの若い文化力の敗退であった。私たちの文化が戦争に対して如何に無力であり、単なるあだ花に過ぎなかったかを、私たちは身を以て体験し痛感した。西洋近代文化の摂取にとって、明治以後八十年の歳月は決して短かすぎたとは言えない。にもかかわらず、近代文化の伝統を確立し、自由な批判と柔軟な良識に富む文化層として自らを形成することに私たちは失敗して来た。そしてこれは、各層への文化の普及滲透を任務とする出版人の責任でもあった。

　一九四五年以来、私たちは再び振出しに戻り、第一歩から踏み出すことを余儀なくされた。これは大きな不幸ではあるが、反面、これまでの混沌・未熟・歪曲の中にあった我が国の文化に秩序と確たる基礎を齎らすためには絶好の機会でもある。角川書店は、このような祖国の文化的危機にあたり、微力をも顧みず再建の礎石たるべき抱負と決意とをもって出発したが、ここに創立以来の念願を果すべく角川文庫を発刊する。これまで刊行されたあらゆる全集叢書文庫類の長所と短所とを検討し、古今東西の不朽の典籍を、良心的編集のもとに、廉価に、そして書架にふさわしい美本として、多くのひとびとに提供しようとする。しかし私たちは徒らに百科全書的な知識のジレッタントを作ることを目的とせず、あくまで祖国の文化に秩序と再建への道を示し、この文庫を角川書店の栄ある事業として、今後永久に継続発展せしめ、学芸と教養との殿堂として大成せんことを期したい。多くの読書子の愛情ある忠言と支持とによって、この希望と抱負とを完遂せしめられんことを願う。

一九四九年五月三日